악의와 공포의 용은
익히 아는 자여라

악의와 공포의 용은
익히 아는 자여라

홍지운

차례

✸

✸

＊

악의와 공포의 용은
익히 아는 자여라

＊

＊

＊

＊

　서울특별시 도봉구 우이천의 구석진 골목. Y는 자기의 키보다 몇 배는 더 큰 얼음탑을 바라보고 있었다. 이 얼음탑은 그 생김새가 기괴하여 얼핏 보기에는 앙상한 나무나 살을 다 발라낸 생선뼈로 착각할 법한 모습이었다.

　"오빠, 개천에 도마뱀이 버려져 있어."

　Y가 부르자 C는 곧장 우이천 밑바닥으로 달려갔다. 어린 남매는 날카롭게 빛을 반사하는 얼음탑이 길가에 뿌리를 내린 이 상황이 얼마나 초현실적인지 이해하지 못했다. 그저 골격이 뒤틀린 채 탑 밑동에서 간

악의와 공포의 용은 익히 아는 자여라

신히 숨을 쉬고 있는 파충류를 황홀하게 바라볼 뿐.

C와 Y는 도마뱀을 보물처럼 안고서 집으로 돌아갔다. 그렇게 모든 이야기가 시작되었다.

어디까지나 K 본인의 표현에 따르자면 그는 인생의 승리자였다. 비록 강북이라 해도 K는 부모에게 물려받은 2층짜리 개인 주택에서 가족들과 살고 있었으며 젊은 나이에 과장을 단 뒤로 회사에서 그 나름대로 중한 역할을 맡고 있었다.

공적인 직함 외에도 K는 자신의 교양 수준에 만족했다. K는 갑갑한 직장 생활 중에도 어릴 적부터 두던 바둑과 학창 시절 빠진 음향기기 수집이라는 두 취미를 지속하면서 가끔은 혼자 여행을 떠날 정도로 삶의 여유를 지켜나가고 있었다.

무엇보다 K는 가족을 사랑했다. 그토록 경애하던 J와 결혼하여 C와 Y라는 영특한 아이들을 얻었고 동생네 부부는 이국으로 멀리 떠나 부딪힐 일이 없었다. 그리고 K가 승승장구하기 좋도록 K의 부모는 재산만을 남겨둔 채 이른 나이에 별세했다. 어디까지나

K의 이득이라는 관점에서 보자면 이보다 만족스러울 수는 없었다. 그는 성공했고 가족을 이루었으며 이제 애국하는 일만 남았다.

"이건 뭐냐?"

하지만 그날, 퇴근하고 대문을 열었을 때 K는 집 안 공기에서 이질감을 느꼈다. 여느 때와 마찬가지로 C와 Y는 현관까지 달려 나와 아비를 반겼다. 부엌에 있던 J 역시 남편을 보고 화사한 미소를 지었다. 평소와 전혀 다를 바 없는 풍경이었다. 거실 한구석에 놓인 커다란 수조만 없었다면 말이다.

K는 수조 가까이 다가가 그 안에 자리 잡고 있는 생물체를 바라보았다. 평범한 도마뱀이라고 보기에는 손바닥보다도 더 큰 크기에다 코에는 염증이 난 듯 하얀 무언가가 튀어나와 있었다. 반뜩이는 광택을 보아 피부에서는 끊임없이 끈적한 점액질의 체액을 뿜어내고 있음이 분명했다. 그 생물체는 이제까지 K가 봐왔던 도감이나 다큐멘터리에서는 한 번도 다뤄지지 않은 미지의 무엇이었다.

"주웠어요."

"뭐 이리 희한하게 생긴 놈이 다 있지?"

이때까지 K는 이 기괴한 생명체로 인해 도래할 참극에 대해서는 일절 짐작하지 못했다. 그저 공들여서 완성한 거실 인테리어에 용납하기 어려운 불순물이 끼어들어 불쾌하게 여겼을 뿐.

K는 곧장 이 기분 나쁜 도마뱀을 버리려고 했지만 C와 Y가 기르게 해달라고 간절하게 애원하기에 곧 마음을 돌렸다. C와 Y는 어려움이라고는 모르고 자랐다. 그렇기에 아이들은 K에게 무언가를 조르면서 보채는 일이 잘 없었다. K는 오랜만에 눈물을 글썽이며 자신의 허락을 구하는 C와 Y를 보자 우월감을 느꼈다. 그가 무척 좋아하는 감정이었다.

"이놈 좀 봐줘."

"허. 이게 뭐라는 동물이냐?"

"수의사는 내가 아니라 너 아니냐?"

K는 C와 Y가 반려동물을 기르는 것을 허락한 다음 날 일어나자마자 도마뱀을 데리고 동물병원으로 직행했다. 뭔지도 모를 파충류에 어떤 세균이 묻었을지

상상하기도 싫었던 탓이다.

병원은 K의 대학 동문이 운영하는 곳이었다. 수의사는 K를 반기면서도 친구의 궁금증에는 아무런 대답도 해주지 못했다. 그는 종도 성별도 아무것도 모르겠다고 고개를 젓기만 했다.

"외래종인 것 같기는 하네. 한국에서 자생하는 종은 아냐. 아마 아이들이 누가 개천에 버린 걸 주워왔나 봐. 생태계나 파괴할 거 잘 데려왔네."

"그것밖에 몰라?"

"나는 동네 수의사야. 개와 고양이 그리고 햄스터가 전문이라고. 이런 녀석 마니아들이 가는 숍이나 병원을 소개시켜줄까?"

수의사는 피식 웃고는 도마뱀의 다리와 꼬리를 들었다 놓으면서 살폈다. K는 미간을 찌푸린 뒤 진찰실을 구경하면서 수의사의 제안을 흘려들었다. 여기까지 저 도마뱀을 데리고 온 일이 K가 그 해 아버지로서 한 일 중 가장 공들인 행위였다. 그 이상으로 무언가 봉사한다는 것은 K에게 있어 도무지 수지타산이 맞지 않는 노릇이었다.

13

*

애초에 K는 도마뱀을 집에 들이고 싶지 않았다. 다만 J와 C 그리고 Y가 도마뱀을 너무 좋아했기 때문에 창고로 쓰던 방에 놓는 것으로 타협했을 뿐이다.

"도롱뇽은 어떻게 씻겨? 알코올에 담그나?"

"하. 웃겼어."

수의사는 도롱뇽 진찰과 목욕을 마친 뒤 수조에 넣었다. K는 네 발을 허우적거리는 도롱뇽이 꼴 보기 싫어 고개를 돌렸다. 수의사는 K가 짜증을 부릴 때마다 무시할 수 있을 만큼 K를 알았고 그의 그런 행동을 견딜 수 있는 사람이었다. 그는 친구가 불안해하는 모습이 우습기도 하고 신기하기도 했기에 몇 가지 조언을 더했다.

"그렇게 도롱뇽이 움직이는 모습이 싫으면 노하우를 전수해주지. 동물최면이라고 알아?"

"최면?"

"응. 작은 동물한테만 되는 건데, 이놈들의 특정 부위를 길게 압박하는 거야. 그러면 동물의 수의운동을 멈추는 게 가능하지. 이걸 가르쳐줄 테니까 짜증나면 그냥 기절시켜버려. 집에 옮길 때까지 잘 거야."

수의사는 의자에 앉은 채 장갑을 낀 손으로 도롱뇽을 눕힌 뒤 중지로 배를 압박했다. 도롱뇽은 꺽꺽거리는 소리를 내면서 사지와 꼬리를 흔들었지만 수의사는 멈추지 않았다. 수의사는 내장이 아가리로 튀어나오기 직전까지 도마뱀을 압박했다. K는 그 모습을 보며 입꼬리를 올렸다. 도마뱀은 수의사가 설명했던 대로 곧 기절했다.

"정말로 되네?"

"그래. 열쇠의 노랑은 안아주는 사탕이 내일이니까."

"뭐라고?"

"응? 뭐가?"

K는 친구가 꺼낸 말이 이해가 안 가 반문했지만 수의사는 영문을 몰라 할 뿐이었다. K는 잘못 들은 것이려니 하고 넘어갔다. 넘어가면 안 될 일이었다. 이로써 그의 승리가 무너지기 시작했으니까.

당장 큰 사고가 일어나지는 않는 듯했다. 모든 일이 일어난 뒤에도 K는 그 연원을 이 시기와 연결 짓

악의와 공포의 용은 익히 아는 자여라

지 못했다. 그는 도마뱀을 창고 방에 넣은 뒤 그 존재조차 잊어버렸다. 귀가했을 때 아이들이 거실에서 현관으로 달려 나오는 것이 아니라 창고 방에서 현관으로 달려 나오게 되었지만 대단한 차이는 아니었다.

무엇보다 K의 삶을 좀먹는 일은 모두 도마뱀과 연결 짓기 어려운 형태로 일어났다. 그는 자주 악몽을 꾸게 되었다. 밀림이나 사막에 고립되는 꿈. 빌딩처럼 커다란 괴수에게 쫓기는 꿈. 자신이 조그마한 소인들을 한입에 잡아먹는 꿈. 모든 밤이 불길하고 잔인한 악몽으로 덧칠되었다.

K가 가장 질색한 꿈은 그가 고깃덩이가 되어 정육점 창고에 매달린 악몽이었다. K는 꿈속에서 일주일 동안 쇠고랑에 매달린 자신의 몸이 문드러지는 과정을 견뎌야만 했다. 그리고 그가 썩어가는 동안 어린아이만 한 크기의 파리가 그의 몸을 타고 올라가서 알을 깐 나머지 몸 안에 구더기가 슬기까지 했다.

"흐아! 아! _끄아!_"

"여보? 무슨 일이에요?"

야심한 새벽에 K가 악몽에서 벗어나 자기 확인을

＊

위한 비명을 지르자 J도 덩달아 잠에서 깨어났다. J는 남편이 몸부림치지 않게 진정을 시키면서도 의아함을 감추지 못했다.

"파리가… 커다란 파리가 내 위에 올라탔어요."

"아니, 있는 얼굴에 파리가 좀 놀다 갔기로 그게 그렇게 방방 뛰고 가슴 칠 일이에요?"

J는 오밤중에 K가 실없는 소리를 한다고 타박을 주면서도 웃음을 터뜨렸다. 그에 K는 정색을 하고는 요근래 얼마나 악몽에 시달리고 있는지, 몸에 파고든 파리 알에서 구더기가 깨어나 살을 파먹는 그 상황이 어찌나 생생했는지를 하나부터 열까지 설명했다.

J는 항상 바쁘게 돌아다니는 K가 안쓰러웠는지 그의 뺨을 쓰다듬으면서 위로했다.

"당신 아무래도 회사 일이 고되어서 신경이 날카로워진 것 같으니 들어가서 푹 좀 쉬세요."

K는 J가 달래자 화가 누그러졌는지, 아니면 민망해졌는지 아내에게 웃어 보이고는 다시금 잠을 청했다. 어찌됐든 J는 K를 사랑했고 K도 J를 사랑했다. 결과적으로는 그렇지 않은 편이 K에게 더 행복한 결말이

었겠지만 말이다.

K가 이변을 자각하게 된 결정적인 계기는 M의 등장이었다. M은 K가 도마뱀을 집에 들이고는 얼마 지나지 않아 우이로에 이사를 온 이웃이었다. 지역에 별 관심이 없는 K는 누가 주변에 이사를 오건 말건 별반 신경을 쓰지 않았지만 M에 대해서는 달랐다. M은 짐을 푼 즉시 이상한 향을 태우고 알 수 없는 고기를 구워 악취를 풍겼기 때문이다.

결국 참다못한 J는 K에게 M을 찾아가보라고 종용했다. M이 주말 낮임에도 불구하고 향만으로도 모자라 국적을 알 수 없는 시끄러운 음악을 튼 탓이다. 오카차 우카차 우아올라 옹사옹사. 오카차 우카차 우아올라 옹사옹사. 얼핏 들으면 이국의 주문 같기도 한 노랫가락에 J와 K는 미쳐가는 것만 같았다. 그렇잖아도 악몽에 시달려 깊이 잠들지 못한 K는 주말의 짧은 휴식조차 빼앗기자 화가 치밀었다.

K는 M의 집 대문 앞으로 가 점잖게 보이도록 자세를 펴고는 초인종을 눌렀다. M은 곧 문을 열고서 처

음 만나는 이웃을 반겼다. M을 본 K는 한껏 압박을 주려 준비하던 말들을 조용히 식도 너머로 삼켜 위장에 담갔다.

M은 마르기는 했으나 K보다 훌쩍 큰 키로 짙고 어두운 피부 탓에 그 낯빛을 살피기 어려웠다. K는 M의 출신을 어림짐작으로도 추측하지 못했으며 이는 당연한 노릇이었다.

"무슨 일이십니까?"

"옆집 사람입니다. 거 음악 볼륨하고 냄새하고 너무 심한 거 아닙니까? 이웃끼리 좀 인간답게 삽시다."

K의 화난 기색은 초인종을 누를 때와 비교해 눈에 띄게 사그라졌으나 그 말의 내용만큼은 당당하기 짝이 없었다. 이에 M은 한껏 볼 근육을 움직여 크게 웃음을 지었다. 쩌억, 하는 소리와 함께 오만과 경멸이 M의 벌어진 앞니 사이에서 흘러나왔다.

"선생, 선생께서 염려할 이웃은 내가 아니올시다."

M은 의미심장한 한마디를 내뱉고는 철문을 닫으려 했지만 K는 그의 무례에 화가 나서 문 사이를 비

악의와 공포의 용은 익히 아는 자여라

집고 들어가 따지기를 계속했다. 그래도 M은 여전히 의중을 알 수 없는 웃음과 함께 K를 내려다볼 뿐이었다.

대문 안으로 들어가니 오카차 우카차 우아올라 옹사옹사라는 가사를 되풀이하는 음악이 더더욱 크게 울렸다. K는 질색을 하면서 M의 정원 구석구석을 살폈다. 대문 밖과 다르게 그 안은 이상하리만치 어두웠다. 아니, 어둡다기보다는 공간의 명도가 낮은 것에 가까웠다.

K는 M의 정원을 보며 위화감을 느꼈다. 그 위화감의 정체는 곧장 알아차릴 수 있었다. 그 정원에는 식물이라고는 잡초 한 포기도 없었던 것이다. 단지 악취미적인 취향의 전위예술이거나 이국의 독특한 문화가 담긴 것이 아닐까 싶은 조각상들이 두서없이 세워져 있을 뿐이었다.

"댁은 뭐 하는 양반이기에 이렇게 주말마저 소란입니까?"

"나는 탐구자요."

M은 다시 한번 쩌억, 하고 큰 소리를 내며 웃었다.

K는 기도 차지 않는다며 콧방귀를 뀌고는 그의 이야기를 흘려 넘겼다. 무엇을 탐구하는지는 물을 생각도 들지 않았다.

"선생의 집에 숨어든 그런 존재를 탐구하지."

K가 이 한마디를 꺼내기 전까지는.

K는 집에 돌아온 뒤 자꾸 헛웃음만 나왔다. 방금 전까지 M의 집에서 들을 때는 그토록 신묘하고 영험하다 싶었던 이야기들이 맨정신으로 반추하자 황당무계하고 우스꽝스럽기 그지없었기 때문이었다.

M은 K에게 저지른 결례에 대해 사과를 한 뒤 독한 향을 태우거나 시끄러운 음악을 틀거나 하지 않겠다고 약조했다. K는 흔쾌히 그 사과를 받으며 거들먹거리느라 애초에 모든 일이 M이 자신을 그 집안으로 불러들이기 위해 저지른 소동이라는 상상은 하지 못했다.

도리어 M은 K를 사로잡을 만한 비밀을 누설했다. 악몽 속에나 볼 법한 것들. 오래고 귀하신 분들. 한눈으로 볼 수 없고 양손에 사로잡히지 않으며 언제

✳

악의와 공포의 용은 익히 아는 자여라

나 말하지 못할 한마디가 남는 자들에 대한 비밀을. 일억 년이라는 세월 동안 빙하 속에 갇혔다가 별들이 자리를 되찾은 지금 다시 돌아오게 된 이들의 이야기를.

하지만 M의 거실에서 나는 습한 향과 어두컴컴한 조명에서 벗어나 청결하고 밝은 K의 서재로 돌아오니 그 모두가 보잘것없는 농담으로만 여겨질 뿐이었다. 그럼에도 불구하고 K의 가슴 한구석에서는 M의 연구가 어떻게 이뤄지고 있는지 호기심이 생기기도 했다.

가족은 다 잠이 든 듯했다. K는 문을 여닫는 소리가 나지 않게 주의하며 서재를 나섰다. 그러고는 창고 방으로 갔다. 도마뱀을 가둔 수조가 있는 방이었다. 방 앞에 도착하자 기시감이 들었다. M의 대문 너머로 들어가 주변의 명도가 확 내려간 듯 느꼈을 때처럼 분명 이미 불이 다 꺼진 집안의 어두움이 더 깊어졌기 때문이다.

K는 문을 열지는 않았다. 조심스레 무릎을 굽히고 허리를 숙여 문손잡이의 열쇠 구멍을 들여다보았을

뿐이다.

"내 탐구에 따르면 그들은 숨어서 봐야만 하지. 그것들은 정면에서는 전면을 잡을 수 없기 때문이외다. 빛 아래에서 봐도 안 될 거요. 벽에 비춰진 그림자로만 그것의 전체 상을 가늠할 수 있을 테니까. 그것들은 언제나 그러해. 그저 편린을 모아 하나의 커다란 상을 유추할 수 있을 뿐."

M은 K에게 그렇게 말했다. 그리고 K는 어찌된 영문인지 M의 조언을 따라 어두운 밤, 어떠한 빛도 없이 창고의 열쇠 구멍을 통해 그 기괴한 도마뱀의 진상을 포착하고자 했다.

K의 눈에는 아무것도 보이지 않았다. 당연한 일이었다. 구멍이 좁기도 하거니와 복도도 방도 불이 꺼져 있는데 도대체 무엇이 보이겠는가? K 본인도 어처구니없는 이웃의 조야한 장난질에 어울렸다면서 헛웃음을 지을 뿐이었다. 그리고 그 순간.

"왁!"

K는 격통 속에서 비명을 지르고는 눈가를 부여잡으며 바닥을 뒹굴었다. 무언가 날카롭고 딱딱한 것이

✳

악의와 공포의 용은 익히 아는 자여라

열쇠 구멍을 훔쳐보던 그의 눈을 찔렀기 때문이다.

"크윽. 뭐야, 이게!"

K는 한쪽 눈을 감은 채 창고 방 문을 벌컥, 하고 열었다. 그러고는 형광등을 켠 뒤 손잡이에 무언가 딱딱한 것이 박혀 있거나 한지 확인하려 했다. 하지만 문가에는 그의 눈을 찔렀을 만한 어떠한 것도 발견되지 않았다. 도마뱀 또한 수조 안에서 잠든 채였다. K는 고통이 잦아들자 먼지라도 들어갔던 것이려니 여기고는 그곳을 떠났다.

그날 K는 다시금 꿈을 꾸었다. 이전과는 달리 두렵고 잔인한 이미지로 가득한 악몽은 아니었다. 오히려 어딘가 음탕하고 절제하지 않는, 충동으로만 이루어진, 그런 꿈이었다.

꿈의 내용은 시각적으로 해석되지 않았다. 그보다는 후각과 촉각에 한정되어서 흘러갔다. 몽환적인 세계에서 너무나 익은 나머지 썩은 사과의 냄새가 K의 두개골 안에 가득 찼다. 비릿하고 끈적이는 무언가가 기도와 식도 양측을 타고 그의 몸 구석구석을 유랑했다.

부드러운 살결을 날카로운 어금니가 찢어발겼다. 뜯어진 살점은 이내 누군가의 혀로 침 범벅이 되고 잘근잘근 씹힌 뒤 위장 속에서 녹아내렸다. K는 자신이 느끼는 감각이 잡아먹는 자의 것인지 잡아먹히는 자의 것인지를 가늠하지 못했다. 어쩌면 그 둘은 다르지 않았을지도 모른다.

다음 날 아침, J는 남편이 사우나에서 잠들기라도 한 것처럼 온갖 체액으로 축축하게 침대보를 적신 것을 발견했다. J는 혹여나 싶어 K의 이마를 손으로 짚어보았다. 평소보다 체온이 2, 3도는 더 낮은 듯싶었다. K는 아내가 어깨를 흔들기에 간신히 농밀하게 물러터진 꿈에서 깨어날 수 있었다.

"인생 사십에 피부는 악어 껍질처럼 꺼끌꺼끌하고, 눈은 허시 파펀지, 파피 허신지 하는 강아지처럼 흐리멍텅하고, 머리는 솔잎처럼 뻣뻣하고, 목소리는 막걸리같이 탁하고, 입술은 메기 입처럼 부르트고…. 요즘 도통 무슨 일인지 모르겠어요."

K는 길게 한숨을 내쉬고는 땀을 훔쳤다. 수건 하나

악의와 공포의 용은 익히 아는 자여라

로는 모자랄 정도로 온몸이 식은땀으로 젖어 있었다. 이쯤 되니 K는 근래 있었던 악몽의 원인으로 C와 Y 가 주워온 도마뱀을 떠올리지 않을 수 없었다. 하지만 이는 너무 늦은 깨달음이었으며 이내 그를 더 옥 죄는 결말로 이어졌다.

"그래서야 숫제 사이비 아닙니까?"

M은 키득거리면서 K의 하소연에 대꾸했다. K는 꿈에 시달리다 실성할 것만 같아 자칭 탐구자라던 M 을 찾아가 그에게 자신이 겪은 이상 현상에 대해 일 일이 일러바쳤다. 하지만 M은 며칠 전만 하더라도 진지하게 어둠 속 무언가에 대해 설명하던 태도를 싹 바꾸어 K를 조롱했다.

"나야 탐구자가 맞지. 하지만 나의 연구는 어디까 지나 인류학적인 관점에서 각 문화권마다 토테미즘 이 어떻게 발달하고 구성되어왔는가를 학술로 다룰 뿐입니다."

"그럼 저 도마뱀의 종이나 이런 것은…"

"모릅니다. 하지만 선생의 공포증은 알 것도 같은

데. 저 과학자들은 포유류의 파충류에 대한 공포가 유전자 차원에서, 본능적으로 새겨진 거라고도 하지 않습디까?"

M의 느물거리는 미소에 K는 스스로가 한심하게 느껴졌다. M은 M대로 K를 너무 놀렸나 반성했는지 그를 달랜다며 위로를 건넸다.

"정 기분이 찜찜하시다면 그냥 갖다 버리세요. 선생이 그 집안의 가장인데. 기괴하게 생긴 도마뱀 따위, 개천에 내다버린 뒤 방생했다 하면 그뿐이오, 누가 선생을 비난하겠습니까?"

M의 제안에 K는 떨떠름한 표정으로 고개를 끄덕였다. 곱씹어볼수록 M의 말이 합당하다 느꼈다. C나 Y는 애지중지하던 반려동물을 잃었다며 슬퍼하기는 하겠으나, 누가 보더라도 이 가족을 책임지는 사람은 다른 누구도 아닌 K 본인이지 않은가.

K는 급작스러운 방문과 철없는 상담에 대해 M에게 사과를 한 뒤 M의 집 대문을 나섰다. 하지만 그러면서도 K는 이상하다는 생각을 떨쳐버리지 못했다. 얼마 전까지와는 달리 M의 집을 벗어날 때 세상의

명도가 낮아지는 기분이 들었기 때문이다.

K는 다시 밤이 되기를 기다렸다. C와 Y에게 반려
동물을 버리는 모습을 보여주고 싶지 않았기 때문이
다. J도 남편이 도마뱀 한 마리 따위에 집착하는 모습
을 싫어할 것이 분명했다. K는 가족들에게는 바둑 공
부를 한다고 핑계를 대고는 서재에서 새벽까지 버텼
다.

수의사는 낮에 K가 도마뱀을 버리겠다고 상담을
요청했을 때 몇 가지 조언을 해주었다. 물리지 않게
고무장갑을 끼면 좋다거나 집게를 사용해도 좋다거
나 하는 뻔한 내용이었다. 하지만 K는 친구의 시시껄
렁한 소리를 신탁처럼 받들면서 온갖 무기와 방어도
구로 중무장을 한 채 창고 방으로 들어갔다. 고무장
갑에 집게는 물론이거니와 두꺼운 패딩에 부츠 그리
고 도마뱀을 넣고 밀봉할 플라스틱 용기까지, 단단히
각오를 한 차림새였다.

도마뱀은 평소와는 다른 시간대에 불이 켜지자 수
조 안에서 기지개를 펴며 일어났다. 그러고는 혀를

입 밖으로 날름거리면서 칙칙 소리를 냈다.

"터지겠네."

K는 도마뱀이 수조 안에 있는 다른 공간에 숨어들지 못하도록 느린 발걸음으로 창고 구석을 향했다.

"그놈의 쩍쩍거리는 소리에 심장이 터질 것 같단 말이야."

도마뱀은 K의 경계 어린 태도에도 불구하고 도리어 당당하게 수조에 사지를 갖다 붙인 채 그를 바라보았다. K는 어디까지나 자신의 착각이라 생각했지만, 도마뱀은 분명 그를 향해 히히히힛, 음흉하게 웃고 있었다.

K는 수조 안에 연탄집게를 넣어 도마뱀을 잡으려했으나, 도마뱀은 잽싸게 집게를 피해 다녔다. 그러면서도 수조 안에 있는 집이나 나뭇가지 아래로 숨지는 않아 K를 약 올리기까지 했다.

"알지, 내 성질?"

K는 도마뱀을 계속 놓치자 성이 났는지 아예 수조를 통째로 들어 올렸다. 어차피 도마뱀을 버리면 쓸일이 없는 수조이니 그대로 갖다 버리기만 하면 그만

일 노릇이었다. 단지 C와 Y에게 아버지가 도마뱀을 버린 것이 아니라 도마뱀이 도망친 것이라 속이지는 못하게 될 뿐.

도마뱀은 그 틈을 놓치지 않았다. K가 수조를 드느라 뚜껑이 잠시 어긋난 사이, 온몸으로 튀어 올라 탈출해버렸다. K는 엉겁결에 일어난 사건에 그만 엉덩방아를 찧으며 수조를 깨뜨리고 말았다.

"이 배은망덕한 녀석 같으니라고!"

K는 연탄집게를 바닥을 향해 내리치면서 도마뱀을 찍어 누르려고 했다. 도마뱀은 수조라는 좁은 우리를 벗어났는지라 더 빠른 속도로 K를 피할 수 있었다. K는 답답해진 나머지 연탄집게를 던져버리고는 온몸을 던져 도마뱀을 덮치려 했다.

숨이 가빠졌고 천장은 높아졌다. K는 바닥을 네 발로 빠르게 기어다니며 도마뱀을 쫓았다. 도마뱀은 여전히 시선을 돌리면서 웃고 있었다. K는 너무 빠른 속도로 기어다닌 나머지 그만 벽에 부딪혔다. 그 이후로는 꼬리를 흔들어서 균형 맞추는 법을 깨달아 더 집요하게 도마뱀을 쫓았다.

K는 곧 도마뱀과 1센티미터도 안 되게 가까워지도록 추격하는 데 성공했다. 그는 콧등에 난 뿔로 도마뱀을 들이받으려 했지만 도마뱀은 그 육중한 몸을 던져 벽을 타고서 전등갓까지 도망치고 말았다. K는 사방팔방으로 뛰며 분을 참지 못했다.

도마뱀이 할 수 있는 일을 K라고 못할 이유가 없었다. 긴장으로 인해 손발에서 나는 체액이 K가 벽을 타고 오르기 편하게 도왔다. 그의 몸은 더 이상 인간의 것이 아니었다. K가 창고 방이 이렇게 넓었던가, 자신이 이렇게 재빨랐나 감탄하는 사이, 창고 방 너머에서 무언가가 크게 부딪히는 소리가 났다.

"아빠, 무슨 일이에요?"

Y였다. Y가 방문을 연 것이었다. K는 딸이 자신이 저지른 일을, 자신의 변한 모습을 보게 될까 두려워 고성을 질러 Y를 쫓아내려 했다. 하지만 Y는 창고 방에 들어오고서도 딱히 놀라지 않았고 아버지가 왜 이러는지 영문을 몰라 바라보기만 할 뿐이었다.

K는 곧장 손으로 자신의 몸을 더듬었다. 아까까지 생생하게 느껴졌던 뿔이나 꼬리 그리고 매끄러운 피

부는 온데간데없었다. 거울로 몇 번이고 확인했지만 여느 때와 마찬가지의, 원래 모습 그대로인 얼굴만 비춰졌다.

"아빠, 도마뱀이 없어요."

그사이 도마뱀은 창문으로 빠져나간 듯했다. 창틀에 묻은 끈적한 체액 자국이 그 증거였다. Y는 울먹이면서 어딘가에 도마뱀이 있지 않을까 찾아다녔지만 허사였다.

K는 안도한 나머지 길게 한숨을 내쉬었다. 방금 전까지 도마뱀과 벌인 추격전은 아마도 밤을 새우다 잠든 탓에 꾼 꿈이리라 흘려 넘겼다.

"그것 잘됐다."

"드디어 해냈다!"

"아, 장하다!"

수의사는 친구 K가 삼겹살집에서 의기양양하게 두 팔을 벌려 환호하자 맞장구를 치며 술잔을 들이켰다. 수의사에게 K는 재수 없는 친구였지만 도마뱀이 집에 온 이후로는 재수 없는 데다 이상하기까지 한 친구였다. 그리고 도마뱀을 집에서 쫓아낸 이후, K는 행복하고 재수 없는 친구가 되었다. 수의사는 친구의 변화를 환영했다.

K는 벌쭉 미소 지은 입가를 벌리고는 다시 소주 한 잔을 털어 넣었다. 술이 달았다. 악몽을 꾸지 않아 컨디션도 좋았다. 얼마 전까지 빠지던 살이 도로 붙기 시작했다. 아쉬운 점이라고는 진작 도마뱀을 쫓아내지 않았다는 것뿐이었다.

"축하한다. 또."

"어."

기쁜 일은 하나 더 있었다. 바로 J가 셋째를 임신하게 된 것이었다. 이 술자리는 공식적으로 이를 축하하기 위한 모임이었다. 수의사는 고기를 두 점 집어 입에 넣은 그대로 수다를 이어나갔다.

"제수씨는 어때?"

"만산이라고 걱정은 하는데 기뻐 보이기는 해."

"그래서 아기 태명이 기쁨이냐?"

"어."

K는 자랑스레 고개를 끄덕였다. 그가 생각하기에

✳

악의와 공포의 용은 익히 아는 자여라

요즘 한국 사회에서 셋째를 낳는다는 것은 승리한 사람이라는 증거였다. 둘이어서는 사회가 커지지 않는다. 아비 하나, 어미 하나를 유지하는 것일 뿐이다. 하지만 셋이 되면 아비 하나에 어미 하나를 하고도 하나가 더 남는다. 확장이자 정복이 된다. 셋은 그런 숫자다.

K는 그런 점에서 수의사를 얕잡아 보았다. 그는 아이를 갖기는커녕 결혼조차 하지 않았다. 수의사는 친구가 자신을 내리까는 그런 시선을 오래전부터 알고 있었다. 하지만 K의 그런 시선은 술값을 지불하는 호혜로 이어지기도 했다. 그는 이런 기쁨을 굳이 마다하고 싶지는 않았다.

수의사는 술잔을 들어 건배를 청했다. K는 기분 좋게 친구와 잔을 부딪쳤다. 식당 안에 쨍, 하고 맑은 울림이 종소리처럼 울려 퍼졌다. 낭랑한 승전가였다.

K는 딱 기분 좋을 만큼만 취해서 귀가했다. 그는 만취하는 경우가 없었다. K는 스스로를 인생의 지배자로 여겼으며 자신이 군림하는 것을 알코올이 방해

해서는 안 된다고 믿었기 때문이다. 결코 과하지 않게 적정량을 맞추었을 때 드는 쾌감은 알코올이 주는 취기보다 더 중독적이었다.

하지만 집에 돌아오자마자 K의 심기를 거스르는 일이 있었다. C와 Y가 아버지를 맞이하러 현관까지 나오지 않았던 것이다. J는 가사로 바쁜 데다 임신까지 했으니 아내가 움직이지 않는 것은 이해하겠다만 아이들이 뭐가 바쁘다고 아비를 반기지 않는다는 말인가? K는 자기가 벌어온 돈으로 밥을 먹는 C와 Y가 건방지게 구는 모습이 괘씸했다.

"무얼 하느라 방에 박혀 있는데?"

"아빠! 아빠! 도마뱀이 돌아왔어!"

K는 가족들을 찾으러 창고 방까지 가야 했다. 창고 방에는 C와 Y만이 아니라 J까지 수조를 앞에 두고 무릎을 꿇고 앉아서 그 안에 든 도마뱀을 올려다보며 히죽히죽 웃고 있었다.

도마뱀은 이전과는 모습이 달랐다. 집밖을 나가기 전까지는 작은 개구리나 그 비슷한 생물 정도의 크기였지만 이제는 강아지처럼 비대했다. 거리에서 도대

35

✳

악의와 공포의 용은 익히 아는 자여라

체 무얼 잡아먹은 것인지 짐작조차 가지 않았다. 전에는 보이지 않던 날카로운 이빨까지 매섭게 돋아나 그 웃음을 더 흉측하게 만들었다.

Y는 도마뱀의 흉측하고 축축한 뺨에 몇 번이고 입을 맞추면서 포포, 하고 소리를 내었다. C는 Y와 도마뱀을 포옹하면서 눈물을 흘렸다. J는 태중의 아이를 위해 배에 손을 얹고서는 그 광경을 넋을 잃은 채 지켜보았다. K는 가족들이 자신을 본체만체하며 도마뱀에 빠진 모습에 어처구니가 없었다.

"너희들, 뭐 하는 거야?"

가족들은 K가 무어라 하건 대꾸도 하지 않고서 도마뱀을 경외하듯 바라보았다. 기분 탓이었을까, 아니면 커진 체구 때문에 그 표정이 더 잘 보여서였을까? 그는 도마뱀이 히히히힛 음흉하게 미소를 짓는 듯한 모습에 소름이 돋았다.

"어느 날 갑자기 별 희한한 녀석이 혜성같이 나타나서 속을 썩인다니까? 이리 내!"

K는 Y의 품안에서 도마뱀을 빼앗아 들었다. Y는 곰 인형이라도 되는 것처럼 껴안고 있던 도마뱀을 놓

쳤음에도 멍한 표정 그대로 도마뱀을 향해 시선을 거두지 않았다. 울화통이 터진 K는 곧장 도마뱀을 들어 창밖으로 던지려고 했지만 바로 그 순간,

"문다?"

라며, 도마뱀의 아가리에서 신경질적인 울음이 삐져나왔다. K는 대경실색하여 그만 도마뱀을 놓쳐 땅에 떨어뜨리고 말았다. 도마뱀은 유유자적하게 다시 수조 안으로 들어갔다. 도망을 친다는 인상은 아니었다. 도리어 자신의 제단으로 돌아가는 오만함이 그 걸음걸이에 담겨 있었다.

"부, 분명히 그놈이 말을 한 거지?"

K는 비명처럼 외쳤다. 하지만 가족들은 여전히 그를 바라보지 않고서 수조 안의 도마뱀한테만 시선을 주었다.

"너희들은 아무렇지 않단 말이야?"

도마뱀은 희미하게 웃고 있었다. K는 이번에야말로 도마뱀의 음흉한 미소가 그의 선입견이나 착각이 아닌 분명한 사실임을 깨달았다. 그는 조금씩 뒤로 물러나 부엌으로 도망쳤다. 그러고는 식칼을 들고 돌

악의와 공포의 용은 익히 아는 자여라

아와서 도마뱀의 머리를 내리찍었다. 구멍이 나고 피가 흘렀다.

K는 괴성을 지르면서 도마뱀의 두개골 위에 몇 번이고 식칼을 내리꽂았다. 도마뱀의 몸에 난 구멍은 점점 더 많아지고 커져만 갔다. 하지만 그러거나 말거나 그의 가족들은 도마뱀의 시체가 담긴 수조를 향해 무릎을 꿇고서 경배할 뿐이었다.

"그만해! 그만하라고!"

J는 남편이 뭐라 외치든 배를 소중히 감싸 안은 채 몽롱한 미소만 짓고 있었다. C와 Y는 수조로 기어간 뒤 손가락으로 도마뱀의 잔해물을 찍어다 쪽쪽 빨아 먹기 시작했다.

K는 강압적으로 아이들을 수조 옆으로 떼어내려 했다. 하지만 그가 신경을 써야 할 더 큰 일이 있었다. 자그마하고 흉측한 벌레 수백, 수천 마리가 도마뱀의 구멍 난 두개골에 가득 차오르더니, 곧 창고 방 바닥으로 쏟아졌던 것이다.

벌레들은 곧장 K와 그의 가족들의 몸을 타고 올라

가기 시작했다. K는 비명을 지르면서 몸 구석구석을 털어내려고 했지만 벌레의 숫자가 너무 많았다. 믿기지 않는 노릇이었다. 도마뱀이 커지긴 했어도 고작 강아지 정도의 크기였을 뿐이다. 그만한 부피의 풍선 안에 벌레를 가득 채웠어도 이만큼이나 쏟아질 수는 없을 터였다.

도마뱀의 구멍에서는 고장난 수도꼭지에서 물이 터져 나오는 것처럼 벌레들이 줄기를 이루면서 흘러 나왔다. 그 두개골 안이 성서에 나오는 무저갱에 연결된 것이 아닐까 싶을 정도였다. K는 뒷걸음질을 치며 벌레를 밟았다. 아까까지는 벌레들을 밟았다면, 이제는 벌레로 이루어진 겹겹의 층을 밟게 되었다. 찐득한 핏물이 그의 발을 적셨다.

"세상의 종말이 온 거야. 그렇지 않고는 이럴 수가 없어."

K는 벽에 손을 짚거나 바닥에 발을 딛을 때마다 피 칠갑을 했다. 그 와중에도 가족들은 욕탕에 몸을 담그듯 벌레의 바다에 몸을 맡겼다. K는 간신히 방 밖으로 빠져나가 차고로 갔다. 그곳에 예비용 가솔린이

✳

악의와 공포의 용은 익히 아는 자여라

있었기 때문이다.

그는 큰 통을 들고서 도마뱀 사체가 있는 곳으로 갔다. 그 짧은 사이에 창고 방 벌레들은 무릎까지 차올랐다. K는 가족들이 방 안에 있다는 사실조차 잊은 채 가솔린을 곳곳에 뿌리고는 불을 붙였다. 펑, 하고 큰 소리가 났다. 폭발이 일어나 천장이 박살나서 어두컴컴한 밤하늘이 보였다.

벌레들이 탄 재는 곧 연기가 되어 하늘로 올라갔다. 그 재는 곧 인류의 머리 위에, 산에, 강물에, 바다에 내려앉아 이 세상을 질병으로 몰아갈 것이었다. K는 알 수 있었다.

"죽이지도 못하고, 살리지도 못하고, 묻지도 못하고, 태우지도 못하고…."

K는 입을 다물지 못한 채 그저 검은 연기를 듬뿍 들이마셨다. 그의 몸은 순식간에 벌레들의 재로 가득 찼다. 이제 세상은 흑암 속에 잠겼으며 K와 어두움은 구분되지 아니하였다.

꿈이었다. 이번에도 꿈이었다. K가 벌레의 피로 피

✳

칠갑을 했다고 느낀 것은 침대 시트를 흥건하게 적신 식은땀에 잠옷이 달라붙은 탓이었다. K는 아무래도 수의사와의 술자리가 너무 과했나 보다 하고 반성했다. 그는 손으로 얼굴을 한 번 훑고 침대에서 일어났다.

J는 남편이 과음할 때마다 질색했다. K는 어떻게 해야 아내의 마음을 달랠 수 있을까 염려하면서 침실을 나섰다. 하지만 거실에 앉아 있는 J는 화난 표정이 아니었다. J는 흥분한 것이 아닐까 의심이 들 정도로 상기되어 숨을 헐떡이고 있었다.

K는 무슨 일인지 J에게 다가가 물어보려· 했지만 그 답은 들을 필요도 없었다. 거실에는 도마뱀이 있었다. 도마뱀은 꿈에서 봤을 때보다도 덩치가 훌쩍 커져서 초등학생인 Y보다 약간 작은 정도였다. 그것도 네 다리가 아닌 두 발로 서서 K를 향해 낄낄낄 웃고 있어, 사람이라고 착각할 만한 모양새였다.

"여보, 여보…."

"당신, 일어났어요? 여기 앉아요."

J는 예전과 다를 바 하나 없는 다소곳한 목소리로

✴

악의와 공포의 용은 익히 아는 자여라

남편을 불렀다. 눈의 초점이 맞지 않는다는 점만 빼면, K는 평소 아내의 모습과 아무런 차이도 찾지 못했을 터였다.

"갑시다. 가요. 제발 내 말을 들어요."

K는 아내의 팔을 끌어안고서 자리에서 일으키려 했다. J는 남편의 애원에도 불구하고 거실 바닥에 뿌리라도 내린 것처럼 옴짝달싹하지 않았다. 도마뱀은 부부의 서툰 실랑이를 조롱하는 듯한 눈빛으로 바라보았다.

"C야! Y야! 어디에 있니?"

도마뱀은 히죽거리면서 아이들을 찾는 K를 뒤쫓아 다녔다. K는 도마뱀을 힘으로 찍어 누를까 고민했지만 차마 그러지는 못했다. 그런다고 이 상황에서 도대체 무엇이 바뀌기나 할까 두려웠기 때문이었다.

C와 Y는 K의 꿈에서와 같이 창고 방에 있었다. 아이들은 환호하면서 아버지의 뒤를 따라 들어온 도마뱀을 포옹하려고 했다. K는 아이들이 이 기분 나쁜 생명체에게 다가가지 못하도록 아이들을 데리고 도망치려 했으나, J와 마찬가지로 C와 K 역시 돌덩이처

럼 무거워 함께 도망칠 수가 없었다.

어느새 K는 눈물을 흘리기 시작했다. 이 영문 모를 상황에 어떻게 대처해야 할지 아무런 생각도 떠오르지 않았다. 그는 우선 달렸다. 어디로 가야 할지도 모른 채 아내와 아이를 도마뱀이 정복한 집안에 내버려 두고서 대문 밖으로 나가 도움을 구하려고 했다.

"축하하오. 선생."

K는 낯익은 목소리에 달리기를 멈추었다. M이었다. K는 그를 바로 알아보지 못했다. M이 평소와는 달리 요란한 장신구로 치장했기 때문이었다. 그는 형형색색의 돌덩이들을 낡은 끈으로 묶은 목걸이나 반지 따위로 무장을 한 데다가 금색 안료로 피부 곳곳을 화장하여 달과 별이 빛나는 밤하늘처럼 보였다.

"이봐요. 이건 또 무슨 귀신 장난입니까? 아니, 중요한 건 그게 아니지. 우리 집에, 우리 집에 이상한 일이 일어났어요. 아내와 아이들이, 아내와 아이들이 제정신이 아닙니다."

M은 K를 처음 만났을 때와 마찬가지로 쩌억, 하고 웃더니 K의 어깨에 양손을 올려놓으며 반겼다.

✳

악의와 공포의 용은 익히 아는 자여라

"선생도 머지않아 나처럼 될 거요. 그대의 가족들과 마찬가지로 말이오. 오, 사랑스러운 형제, 자매, 살붙이, 피붙이! 으하하하, 나도 별이 된다!"

K는 두려운 눈빛으로 M을 올려다보았다. M은 갑자기 이웃을 껴안고는 으헤헤헤, 광소를 터뜨리면서 누구도 들어보지 못한 언어로 소름 돋는 곡조의 노래를 부르기 시작했다. K는 M의 포옹을 뿌리치면서 소리를 질렀다.

"치워라! 네가 나를 놀리느냐?"

"설마. 나의 입술은 맹세코 거짓말을 않으리. 나의 혀는 허언을 뱉지 않으리. 선생, 곧 밤이 온다오."

"밤?"

"그러하외다. 그 밤은 흑암에 빠져 한 해의 나날에 끼이지도 않고 다달의 계수에도 들지 못하오. 아무도 잉태할 수 없어 환성을 잃은 밤이오. 새벽 별들도 빛을 잃고 기다리는 빛도 나타나지 말고 새벽 햇살도 아예 퍼지지 못하오. 그대의 모태가 그 문을 닫지 않아 그대의 눈이 마침내 고난을 보게 되었구려."

M은 환희로 가득 차서는 내용을 알 수 없는 방언

을 부르짖었다. K는 손을 위로 뻗어서 M의 멱살을 잡고는 무게를 더해 당겼다. 그러고는 그의 상기된 얼굴을 향해 고함을 질렀다.

"무슨 소리야! 뭐야! 나는 뭐고, 너는 뭐며, 저 도마뱀은 뭐냐고!"

"각종 공해 덩어리가 폐수 속에서 세포 분열을 일으켜 생성된 신비의 생명체라고 하면 믿을까?"

"그런 거야? 그 도마뱀이?"

"아니, 선생의 이야기라오. 그분이 고작 그렇게 하찮은 존재일 리가. 그분은 오래고 귀한 분이며 가르침을 주시는 분이오. 고달픈 자에게 빛을 주시며 괴로운 자에게 생명을 주시는 분이라오."

"미친 소리!"

K는 M을 밀치고는 다시 도망쳤다. 어디로 뛰어가는지는 K조차 알지 못했다. 그는 그저 이곳이 아닌 어딘가를 향해서 달렸다.

K가 정신을 차렸을 때는 어느덧 밤이 찾아온 지 오래였다. 그는 자신이 어디까지 달렸는지도 알지 못했

악의와 공포의 용은 익히 아는 자여라

으나 그곳에는 아무도 없어 누구에게 물어보지도 못했다. 그저 그가 가족과 지내던 우이로가 아닌 것만은 분명했다.

K는 폰도, 지갑도 그대로 둔 채 무작정 도망쳤기에 여러모로 곤란한 상황이었다. 어쨌든 집으로 돌아가든 말든 결정을 내려야 할 참이었다. 그는 우선 결코 혼자서는 그 저주받은 집으로 돌아가지 않겠다고 다짐했다. 아내도, 딸도, 아들도 그곳에서 무언가에게 사로잡혀 있으나 자신 혼자 뛰어들어서는 아무것도 해결할 수 없으리라 판단했기 때문이다.

우선은 아무라도 좋으니 행인을 찾기로 했다. 그러면 그 행인에게 부탁해 경찰을 부를 수도 있을 터이고, 아내와 자식들을 돌볼 구급차를 요청할 수도 있을 테니까. 하지만 이 결심은 곧장 무너졌다. 세상 그누가 이 이야기를 믿어줄 것인가? K부터가 자신이 미치지 않았는지 점검하는 와중에?

다른 사람이 믿거나 말거나 문제를 해결하기 위한 방법 몇 가지가 떠오르기는 했다. 집에 불이 났다거나 도둑이 들었다며 허위 신고를 하면 누군가가 집을 찾아가기는 할 터였다. 그러면 집안에 있는 그 흉측한 생물체도 발각될 터였고. K의 이성적인 사고능력을 의심받지 않으면서도 증인을 늘릴 수 있는 일석이조의 작전이었다.

하지만 이 작전에도 문제가 하나 있었다. K는 이 상황을 해결하고 싶지 않았다. 도마뱀이 가정을 정복하게 된 꼴을 용납하거나 반겨서가 아니다. 그저 그에게 저항하고 맞서기가 두려웠을 뿐이다. K는 도마뱀을 떠올리는 것만으로도 온몸에 소름이 돋으면서 숨이 가빠졌다. 마치 무언가에 대한 알레르기 반응이 생기는 것처럼 말이다.

작전에 대한 결심이 어찌 되었든 오랜 방황 속에서도 K는 단 한 사람도 마주치지 못했다. 이상한 일이었다. 그의 집이 있는 우이로는 서울에 있는 주택가였다. 깊은 새벽에도 인기척이 없을 리 없는 장소였다. K는 피로한 데다 지나가는 이도 없으니 길바닥에 주저앉았다. K가 지친 채 앉아 있자니 어디에선가 비눗방울이 하나 날아왔다. 그러고는 그의 옆에서 터져버리고 말았다.

✳

악의와 공포의 용은 익히 아는 자여라

"뭐야?"

그는 순간 자신의 귀를 의심했다. 비눗방울이 터지면서 팅, 하고 실로폰을 연주하는 것처럼 맑은 금속성의 소리를 냈기 때문이었다. 그 소리는 곧 머릿속에 어떤 강렬한 이미지로 가는 링크가 되었다. 그 이미지란 바로 무언가 무거운 것에 짓눌려서 배가 터져버린 수의사의 모습이었다.

"히, 히익!"

K는 팔을 버둥거리면서 일어나 다시 도망치기 시작했다. 저 멀리서 수많은 비눗방울이 벌 떼처럼 그를 쫓아오고 있었다. 그가 아무리 빠른 속도로, 어떤 골목으로 도망을 치든 비눗방울은 그의 곁으로 다가와 하나하나 터져나가며 아름다운 음악을 연주했으며 그때마다 K를 불길하고 참혹한 환상으로 이끌었다.

M은 왕좌에 앉은 도마뱀을 향해 기도를 바치고 절을 하며 불경한 가사로 된 노래를 부르면서 춤을 추었다. 이제 도마뱀은 천장에 머리가 닿을 정도로 커다랗게 변해 있었다. 도마뱀은 M에게 눈길조차 주지 않으면서도 가끔씩 그가 부르는 노래에 추임새를 넣

었다. M은 그럴 때마다 지고의 환희 속에서 눈물을 흘렸다.

Y는 어디선가 추락해 죽기를 반복했다. 보이지 않는 거인이 아이를 알로 삼아 공기놀이를 하는 것처럼 참혹한 낙사가 이어졌다. Y는 그 와중에도 끝없이 소리를 지르며 자신의 아비가 아닌 도마뱀을 찾았다.

C는 시공을 짐작할 수 없는 지옥에 갇혀 고문을 당했다. 그가 어디로 도망을 치려 하더라도 잔인한 파수견이 그를 물고서 그가 있던 곳으로 되돌려놓아 악마의 수하들이 갈취하게 했다. C는 지옥 속에서도 가족의 환상을 보며 오열했지만 환상들은 언제나 그를 외면했다.

J는 언제나와 같이 차분한 미소 속에서 복중의 아이를 위한 자장가를 불렀다.

K는 집요하게 밀려오는 환상들을 피해 도망치려 했지만 그를 쫓는 비눗방울의 숫자는 점점 늘어만 갔다. 비눗방울은 빙글빙글 회전하며 그의 주변을 감쌌다. 비눗방울에 반사된 프리즘은 곧 주변으로 오염되어 곳곳에서 무지개가 피어났다. 푸른 하늘은 어느새

✳

악의와 공포의 용은 익히 아는 자여라

붉게 물들었으며 구름은 상서롭지 못하게 흔들거려 마치 춤을 추는 것처럼 보였다. 꽃잎들은 메말라 바람을 타고 산과 바다를 넘도록 흩날렸다. 이윽고 두려워하여 떨던 것이 들이닥쳤고 무서워하던 것이 마침내 오고야 말았다.

K는 어두운 공연장 객석에 홀로 앉아 있었다. 등받이도 없이 기다란 나무판자로 된 의자에는 먼지가 쌓여 있었으며 쾨쾨한 곰팡내가 진동을 했다. K는 주변을 살피려고 했으나 어둠이 짙어 대부분 윤곽만 흐릿하게 보일 뿐이었다.

그는 초조함 속에서 무대에 불이 켜지기만을 기다렸다. 자리에서 일어나 나간다는 선택지는 떠올리지도 못했다. 아주 오랜 시간이 지났다. K가 평생 살아온 생애가 아득하게 느껴질 정도로 긴 시간이.

그러다 무대 중앙에 조명이 쏟아졌다. K는 그제야 자신이 어디에 있는지를 깨달았다. 그는 이제껏 낡고 빈약한 서커스장 천막 안에 있었다.

공연 시작 시간이 되었다. M이 촌스러울 정도로

반짝거리는 정장을 입은 채 무대 한가운데로 올라왔다. 객석에 손님이라고는 K밖에 없었음에도 그는 온 방향을 향해 절을 하면서 뜸을 들였다.

"만장하신 관객 여러분, 안녕하시나이까. 이 미천한 진행자에 대해 말씀을 드리자면 저는 고올라성에서 온 이로서 오래고 귀한 분에게 가르침을 구하고자 하는 제자, M이올시다."

M이 깊은 절을 올리자 우레 같은 박수소리가 천막 안을 가득히 메웠다. K도 엉겁결에 손뼉을 쳤다. 그는 이번에도 한 박자가 늦었다.

"공연을 시작하겠습니다!"

이후로는 기괴한 공연이 이어졌다. 처음으로는 광대가 들리지 않는 환호성에 호응하며 무대 위로 올라왔다. 그는 어디에선가 아기를 꺼내고는 저글링을 하기 시작했다. 광대는 최악의 저글러였다. 아기를 계속해서 떨어뜨리기 일쑤였으니 말이다. 아기들의 깨진 두개골에서 무엇인지 모를 액체가 흘러나와 바닥을 적셨다.

다음으로는 마술사가 거창한 인사를 하며 등장했

✱

악의와 공포의 용은 익히 아는 자여라

다. 그는 조수를 불러 인체 절단 마술을 시연했다. 이전 출연자와는 달리 깔끔하고 완벽한 마술이었다. 아무런 피도 내장도 흐르지 않았다. 그런데도 조수는 피와 내장이 흐르는 것같이 비명을 지르다가 그대로 죽어버리고 말았다. 마술사는 수조 탈출 묘기에서 훌륭히 빠져나왔지만 수조 안에 있는 식인어들이 그의 뒤를 따라 나와 그를 집어삼켰다.

청소부들이 시체로 더럽혀진 무대를 청소한 뒤 맹수 조련사가 공연할 차례가 되었다. 큼지막한 우리에는 지옥에서 끌고 온 괴수들이 갇혀 있었다. 맹수 조련사는 괴수들끼리 싸움을 붙였다. 무대는 청소부들의 노고가 무의미할 만큼 곧장 더럽혀졌다.

마지막으로는 곡예사들의 무대였다. 수십에 달하는 곡예사들이 온갖 기괴한 자세로 기예를 뽐내다가 난교와 살육을 시작했다. 이 무대 위에서 그 둘은 엄밀하게 구분되는 행위가 아니었다. M은 낄낄거리면서 모든 공연에 환호성을 보냈다. 도마뱀은 무대 위 왕좌에 앉아 이를 바라보고만 있었다. K는 공포 속에서 이 서커스 공연을 지켜보다 결국 두려움을 참지 못하고는 자리에서 일어나 외쳤다.

"이 부도덕한 놈들아! 내 눈으로 봤다! 그것이 무엇이냐?"

M은 자리에서 일어나 담배 연기를 내뿜고는 K를 바라보았다. 연기는 곧 의자에서 비행기로, 비행기에서 자전거로 모습을 바꾸면서 K를 희롱했다. M은 친절한 어조로 K에게 그의 스승과 이 공연에 대해 부연했다.

"오래고 귀한 분의 입김에 서릿발이 서고 넓은 바다마저 얼어붙는다오. 이분은 한 오라기 머리카락 같은 일로 짓밟으시고 까닭 없이 해치시고 또 해치시며 의인을 악인과 함께 묻어버리시지. 익히 알아야만 할 알파 사차원 세계의 정복자이자 사마구성의 지배자시오."

"야, 이 녀석들아, 차라리 나를 죽여라!"

K는 비명을 질렀지만 도마뱀은 음험한 미소를 지을 뿐이었다. 그에게는 죽음도 허락되지 않았다. 이 세상의 어떤 악마도 그의 소유를 불태울지언정 그의 몸에만은 손을 대지 못했을 것이다. 도마뱀은 이제

악의와 공포의 용은 익히 아는 자여라

완전히 그를 손에 넣었다.

"그대는 상궤에서 벗어난 특수 인격체요. 그대의 아이가 흑동마저도 꿰뚫을 초상존재로 태어난 것도 그러한 이유에서요. 그렇기에 오래고 귀한 분께서 당신을 아끼셨지만 어리석게도 그대는 그분을 피혁 제품이나 남길 하급 동물로 취급했구려."

M이 손을 들자 무대에 다시 스포트라이트가 비춰졌다. 그곳에는 아기가 앉아 있었다. K는 한 번도 본 적이 없었음에도 그 아기가 누구인지 짐작할 수 있었다. 아직 이름조차 붙이지 못한, 태명뿐인 그의 자식이었다.

도마뱀은 뒤룩뒤룩 살이 찐 배를 출렁이면서 아이에게 다가갔다. 아이는 영문을 모른 채 웃고만 있었다. 도마뱀은 다정하게 웃으면서 아이를 안고는 서커스 천막을 떠나 우주로 돌아갔다. 도마뱀과 함께 달이 자취를 감추자 별들은 제자리를 찾지 못해 방황에 빠졌다. 서커스 천막에는 K만이 남았으며 그에게는 티끌과 잿더미 위에 앉아서 영원토록 저주와 같은 공연을 바라보는 형벌이 내려졌다.

프로필 사진으로 올린 것

✳

　내가 B, 그 친구를 혼수상태에 빠뜨린 것은 부정할
수 없는 사실이다. 하지만 나는 범죄자는 아니다. 아
니, 나는 오히려 그의 병을 낫게 한 의사이자 나락에
서 꺼내온 구원자라 함이 옳다. 그러니 이제부터 시
작할 이 진술은 나의 결백과 업적에 대한 입증으로
보아주었으면 한다.

　B는 내가 평생을 알고 지낸 친구였다. 나보다 여덟
살이나 많았지만 워낙 앳되고 철이 없어 그가 스물
둘, 내가 열넷이던 시절부터 딱히 통하는 점도 없이
온라인에서만 십 년가량 교류한 사이였다.

✳
프로필 사진으로 올린 것

B는 내가 아는 누구보다도 심각한 사회부적응자였다. 그는 십 대 때부터 인터넷 인셀들이나 다닐 법한 게시판을 들락거렸으며 조별 발표 때마다 소수자에 대한 차별적인 주장을 해 교사들에게 문제아라고 낙인 찍혔다.

　그렇게 한심한 짓에 빠진 데는 주변의 무관심 그리고 낙후되었으면서도 학생을 놓아주지 않는 교육 시스템 등 짚을 구석이야 많지만 어차피 다들 그러고들 살았으니 무슨 말을 하든 정답이 되었을 터였다. 우리는 SNS에서 얼간이들이 모여 더 큰 얼간이 짓을 하고 사는 집단 실성의 시대에 살고 있었으니 말이다.

　물론 B는 그중에서도 더 심한 부적응자이기는 했다. 인터넷 게시판에서 본 편향된 정보들을 사실이라고 주장하면서 비약된 논리로 악플을 달고 다니기 일쑤였으며 위키에 날조된 정보를 집어넣다 차단당한 지 오래였다. 어떤 날에는 논쟁을 너무 격하게 치른 나머지 30시간 연속 키배라는 혈전 전설을 남겨 조롱거리가 되기도 했다. 하지만 잉여 같은 짓에도 이렇게나 투자를 하면 결과가 나오는 것인지, SNS에는 그를 중심으로 모인 사람들이 적잖이 생겨났다.

중학생이었던 나는 소수자 차별이라는 주제로 발표 수업을 준비하면서 B와 그 패거리에 대해 알게 되었다. 페이스북에서 어째서 여성이 남성보다 임금을 적게 받을 수밖에 없는가에 대해 열변을 토하던 그는 내 과제를 위해서는 더할 나위 없이 소중한 샘플이었기에 나는 그에게 쪽지를 보내 연을 맺고 말았다.

B는 내가 자신의 의견에 관심을 보였다는 사실이 감명 깊었는지 나에게 무척 우호적이었다. 나는 나대로 그와의 교분을 마칠 이유를 찾지 못했다. B는 내 영혼의 북극성이었다. 무언가 고민이 되고 성찰해야 할 문제를 만났을 때 그가 어디로 향하는지를 지켜본 뒤 그가 고른 선택지만 고르지 않으면 최악의 결과는 피할 수 있었다. 만약 내가 내린 결론이 B의 결론과 같을 때는 나 스스로를 돌아보는 시간을 가졌다. 달리 말하자면, B는 내 전용 '윤서인'이라고 할 수도 있겠다.

정치적인 성향 차이에도 불구하고 내가 B와 교분을 이어나가는 데는 할머님의 독려가 컸다. 할머님은

✳

프로필 사진으로 올린 것

만주 출신으로 요동치는 현대사 속에서 혼자 자식 셋을 키워낸 호걸이셨다. 신기가 있던 그분은 가족들에게 영문 모를 주문을 거시곤 했는데, 세월이 지나면 묘한 결말로 이어지고는 했다. 그런 할머님이 나에게 B를 가까이 하면 크게 쓰일 일이 있다고 하셨으니, 그분께 학비에 용돈까지 지원받는 내가 그 명령을 감히 어길 수도 없는 노릇이었다.

이제와 생각해보면 충분히 이해가 가는 일이지만, 당시에는 할머님이 내게 누구와 가까이 하라 지시하신 사실조차 신기했다. 원체 그분이 사람들과 교류하길 꺼려하셨으며 B 같은 괴짜는 아예 쳐다보지도 않으셨으니 말이다. 그럼에도 할머님은 언젠가 대사가 있을 것이라며 나와 B의 교분을 지원하셨다.

나는 큰 쓰임이 무엇인지는 모르더라도 나 아니면 누가 이 사람과 대화를 하겠느냐는 동정심으로 교류를 이어나갔는데 쉽지는 않은 일이었다. B는 무관심 속에 틀어박혀 지낸 탓에 자립심이나 현실 감각은 한참 모자란 편이었다. 그의 부모조차 그와 대화하는 것을 좋아하지 않았기에 이러한 경향은 세월이 지날 수록 커져만 갔다.

　지금까지 묘사한 내용을 통해 다들 짐작했겠으나 그럼에도 이후에 있을 일들을 설명하기 위해 밝혀두겠다. B는 무로맨틱은 아니었으며 도리어 연애 관계에 대한 동경과 환상을 갖고 있었지만 숫기 없고 내성적인 성격으로 인해 별다른 연애 경험 없이 성인이 되었다. 하지만 부모가 세상을 떠나면서 건물 하나를 물려받게 되자 그 수익을 기반 삼아 하루하루를 소일거리로 보내면서 성격도 조금씩 달라졌다.

　어느 날의 일이었다. 나는 아무 생각 없이 스마트폰 잠금화면을 풀고 카카오톡을 실행했을 뿐인데 큰 위화감을 느꼈다. 도대체 무엇이 문제였을까? 천천히 스크롤을 올렸다 내리면서 나는 곧 그 위화감의 정체를 알아차릴 수 있었다.

　B의 카카오톡 프로필 사진이 바뀐 것이었다. 그것도 애니메이션에 나오는 귀여운 여성 캐릭터 이미지나 깜찍한 고양이 이미지 혹은 본인 얼굴을 만화적 캐리커처로 만든 이미지도 아닌, B 본인이 살아 있는

✳

프로필 사진으로 올린 것

여성과—민망한 표현이기에 변명하자면, B가 아니었다면 이런 표현을 쓰지 않았을 것이다—손을 맞잡은 채 웃고 있는 사진이었다.

나와 B의 공통 지인들 사이에서는 이상한 소문이 돌았다. B가 연애를 시작했다는 이야기였다. 물론 카카오톡 프로필 이미지에 함께 찍힌 여성이 그 가십의 주인공이었다. 여성에 대한 소문도 복잡했다. B가 유산 상속을 받는 조건으로 국제결혼업체에서 만났다느니, 상대는 이주 노동자이며 비자를 위해 서류상으로만 B와 결혼한 사이라느니, 요즘 딥페이크 이미지 기술의 발달이 대단하다느니, 조롱과 비아냥의 비중이 높았지만 하여튼 그랬다.

B와 죽이 맞는 친구 중 하나는 프로필 사진에 있는 피부가 가무잡잡하고 체구가 조그마한 이 여성이 톡 튀어나온 눈과 살짝 벌어진 앞니만 제외하면 꽤 예쁜 얼굴이라며 키득거리기도 했다. 나는 무슨 얼평을 하느냐며 그를 나무랐지만 B를 알고 있는 사람들 대부분이 이런 이야기를 SNS에 공공연히 올리게 되는 데까지는 오랜 시간이 걸리지 않았다.

곧 B와 그 연인에 대한 소문을 내 눈으로 확인할 기회가 찾아왔다. B가 여자친구인 C를 소개하고 싶다고 연락한 것이다. C는 다른 사람들의 추측대로 독재 국가에서 도망친 이민자이나 결코 재산이나 체류 자격 따위를 위해 자신을 찾은 것은 아니라 했다. B는 C에 대한 이런 질 나쁜 소문과 오해를 풀기 위해 C를 자신의 주변 사람들에게 직접 소개시켜주고 싶다고도 했다.

하지만 미루어 짐작할 수 있듯, B의 주변 사람 중 대다수는 B만큼이나 엉망인 인간들이었다. 단정하지 못한 옷차림에 잘 씻지도 않고 니코틴에 찌든 피부와 알코올에 절은 눈빛 그리고 짜증 외에는 작동하지 않는 표정근까지. B나 그 친구들 모두 도긴개긴인 인물들이었다. 그 사실을 모르지 않는 B는 자신의 소중한 연인인 C에게는 그 똥대가리들이 아닌, 그나마 사람 같은 대가리를 가진—B의 표현이다—나를 소개하려고 계획을 짠 것이었다. 나는 알겠노라 답한 뒤 그와 일정을 조율했다.

B는 내가 특별한 사람이라 C를 소개하려고 한다고

✳

프로필 사진으로 올린 것

말했지만 실상은 그렇지가 않았다. 나는 얼마 뒤 B를 아는 공통 지인을 통해 이미 B는 주변 친구들에게 몇 번 C를 소개하였으나, 친구들 반응이 하나같이 좋지 않았다는 이야기를 들었다. B는 C에게든 친구들에게 든 좋은 인상을 키우기 위해, 그렇게 가깝지는 않던 나에게까지 연락을 한 것이었다.

나는 곧 B의 주변 친구들에게서도 C에 대한 인상을 전해 들었다. 그들의 설명을 따르자면 C는 이상한 여자였다. C가 산책을 할 때면 길고양이들은 자리를 피했고 산책을 하던 강아지들은 짖어댔다는 것이다. C는 냄새가 강한 향신료가 든 요리를 즐겨 먹는 탓이라고 변명했지만 B의 주변 친구들은 믿지 않았다.

무엇보다 B의 주변 친구들은 C가 어린 여학생이라고 믿을 수 없을 만큼 지적인 어법을 구사했고, 때로는 형언할 수 없이 섬뜩한 미소나 윙크를 보내 주변을 질겁하게 했다고도 했다. 나는 이것들이 실생활에서 여자를 만나보지 못해 진짜 돌아버린 것이 아닌가 싶었지만, 할머님의 지시를 따라 그 해괴한 논리에 침묵으로만 대꾸해야 했다.

B는 나와 약속을 잡으면서 자신과 연인이 어떻게 만나게 되었는지도 알려주었다. 그의 이야기에 따르면, 그는 성범죄 가해 지목인 남성 하나가 누명을 썼다면서 시작된 역차별 반대 집회에서 C를 만났다고 설명했다. 그 집회 뒤풀이 자리에서 B는 C의 방대한 지식과 폭넓은 분야에 대한 관심에 매혹됐을 뿐 아니라 외모에도 반했다고 했다. 그리고 주변 사람들이 C에 대해 쏟은 악평은 자신을 질투하기 때문이라고 결론 내린 듯했다. 그의 결론에 대한 나의 판단은 아직 모호하다.

마침내 약속한 날이 되어 나는 두 사람과 호프집에서 술자리를 함께하게 되었다. 두 사람을 처음 봤을 때 받은 인상은 우선 이 둘의 관계가 B의 재력이나 조건 때문이 아니라는 점은 확실하다는 것이었다. C는 급하게 한국으로 도피한 이민자였기에 아직 말투에 고국 억양이 있기는 했지만 복장이나 태도 그리고 대화 내용까지 우아함으로 가득 찬 인물이었다.

C는 국가 정책상 신분이 확실하게 보장이 된 상태였으며, 남들이 부러워할 만한 기업에서 높은 직책을

✳

프로필 사진으로 올린 것

맡고 있었다. 무엇보다 C는 가족들과 함께 이민을 온 상태였으며 그의 아버지인 D는 본국에서의 지위를 인정받아 정부 모 부처에서 상당한 대우를 받고 있었다. 비록 B가 돌아가신 부모님에게 건물 하나를 물려받았다고는 해도 그는 별다른 경력도 없이 무위도식하는 처지였다. 그러니 경제적인 면에서도 C가 반드시 B를 만나야 할 정도로 매력적인 상황은 아니었던 셈이다.

B는 C에게 푹 빠진 것이 분명했다. C 역시 B를 흡사 먹잇감을 노리는 포식 동물 같은 눈빛으로 응시했다. B의 주변 친구들의 생각과는 달리 나는 두 사람이 그렇게 착취적인 관계는 아니라고 느꼈다. 무엇보다 B는 예전보다 더 사람처럼 굴었다. C를 만나서 사회생활에 필요한 기초적인 상식이나 예절을 강제로 학습하게 된 것이 아닐까 짐작했는데, 지금 이 상황에 와서도 저 추측이 크게 틀린 것은 아니라고 본다. 그때 나는 B가 이 관계를 통해 의존할 상대를 새로 찾아내는 것이 아니라 비로소 진정한 성장의 과정을 거쳐 책임감 있는 어른으로 독립하게 되지 않을까 기

대하기조차 했다.

예상 외로 즐거운 만남이었다. 나는 B의 정치적인 궤변을 듣는 것만으로도 질색인데 이를 커플에게 쌍으로 들으면 어떻게 하나 염려했지만 그런 일은 일어나지 않았다. 오히려 C가 주도적으로 대화를 흥미진진하게 잘 이끌어간 편이었다. C는 차갑게 얼어붙은 쇳덩어리처럼 세상사를 냉철하게 분석했다. 이렇게 인간을 가축처럼 분석하는 C의 관점은 즐거운 논쟁으로 연결되었다.

자리를 파한 뒤 나는 나보다 앞서 B와 C를 함께 만났던 이들에게 C에 대한 평가가 너무 박하지 않느냐고 따져 물었다. 하지만 나는 그들의 되물음에 대한 답을 찾지는 못했다. 그 질문이란 C가 그렇게나 부족함이 없는 인간이라면 도대체 무엇이 아쉬워서 B를 만나겠느냐는, 매우 논리적이며 타당한 지적이었다. 당시에 나는 그 질문에 대한 정답을 짐작조차 하지 못했지만 이제와 생각해보더라도 어쩔 수 없는 노릇이기는 했다. 나의 주변에서 그렇게나 비현실적인 음모가 진행되고 있었다는 것을 어찌 짐작했겠는가.

✳

프로필 사진으로 올린 것

며칠 지나지 않아 B는 다시 나를 불렀다. 식사를 한 끼 대접할 테니 C의 아버지인 D의 전원주택에 남은 책들을 정리하는 일을 도와달라는 것이었다. D는 건강 문제로 수술을 받기 위해 미국에 있는 큰 병원에 입원해 있는 중이라고 했다. 투병이 길어진 사이 집을 처분하게 되어 책장을 정리해야 하는데, 타국에 있는 환자가 일일이 간섭하기는 어려운 노릇이니 값어치 없는 책들은 다 버리고 적당한 책들만 남겨달라고 부탁받았다는 것이다.

　B는 학식이 깊다는 D의 책장에서 자신이 관심 없는 분야의 귀한 장서를 버리지나 않을까 염려가 되어 나를 불렀다고 했다. 이 일은 원래 B와 C가 처리할 예정이었지만 C는 급한 일이 생겼다며 열쇠만 넘겨주고 자리를 떠났다. 후일에 B에게 듣기로 C는 내가 적잖이 마음에 든 모양이었다. 나도 C가 마음에 들기도 했거니와 다른 사람의 전원주택을 돌아보고 싶었기에 흔쾌히 요청을 수락했다.

　하지만 D의 주택은 보는 재미는 없었다. 정원은 전혀 가꾸지 않아 잡초로 가득했으며 배수도 관리가 되지 않아 곳곳에 물웅덩이가 고인 데다 벌레마저 들끓었다. 집안도 마찬가지였다. 수많은 장서들이 무질서하게 흐트러져 있었으며 쓰레기들이 검은 비닐봉지 몇십 개에 꽉 채워져 방을 가득 메우고 있었다.

나는 중고 서점 앱을 살펴보면서 책을 분류했다. 내 짐작으로는 대학 도서관에 있는 책들을 받아온 것이 아닌가 싶었다. 대부분이 사오십 년 전에 출간된 낡은 책이었고, C와 D가 한국으로 난민 신청을 한 것은 그 이후이지 않는가.

단 외서는 전부 남겨놓기로 했다. 평가를 일일이 할 여력도 없었거니와 한국에서 다시 구하기 어려울 것이 분명했기 때문이다. 그중에도 내 이목을 끄는 책이 몇 권 있었는데, 기묘하게 생긴 동물 삽화로 가득한 도감 종류였다. 특히 아주 낡은 고서 하나는 산스크리트어로 가득했는데, 중고 서점 앱 따위가 아니라 박물관이나 골동품점에서 다뤄야 할 것 같은 물건이었다.

나는 B에게 중고 서점 앱 사용법을 알려준 뒤 다른 방에 고서가 더 있지 않은지 찾아보기 시작했다. 책

프로필 사진으로 올린 것

을 찾고 찾다가 2층 다락방에 올라가게 되었는데, 그곳은 이미 이삿짐센터에서 깔끔하게 정리해놓아 더볼 만한 것이 없는 듯했다. 그래서 다락방에 들어갔을 때는 책 정리를 위한 심부름꾼보다는 구경꾼 입장으로 곳곳을 살필 수 있었다.

다락방에 남은 물건은 커다란 식탁 하나뿐이었다. 이 식탁은 D의 저택에서 봤던 가구 중 가장 고풍스럽고 고상한 맛이 있는 물건이었다. 나는 D의 식탁을 손으로 쓸어내리면서 오래된 명품 가구의 보드라운 촉감을 즐겼다. 그러던 와중, 나는 식탁 하단에 작은 스위치가 숨겨져 있다는 것을 알게 되었다.

나는 호기심에 그 스위치를 눌러보았다. 그러자 이 식탁이 비밀 금고 역할도 하고 있음을 알 수 있었다. 스위치 옆 부분에서 서랍 하나가 튀어나온 것이다. 그리고 그 안에는 낡은 양피지 조각 하나가 덩그러니 들어 있었다. 나는 누군가가 감추고 싶어 한 비밀을 알아버렸다는 생각에 마음이 좋지 않았다.

나는 부디 그 양피지가 대단하지 않은 물건이기를 빌면서 비밀 서랍을 다시 닫으려고 했다. 그래서 양

피지에 손을 뻗친 순간, 벨소리가 울렸다. 할머님이
었다.

"막내야. 너 어디 있느냐?"

"친구네 어르신 집 치우는 일 도와드리려고 지방에
왔어요."

"네가 무얼 만지려고 하는지 보이지가 않는다. 하
지만 무어가 되었더라도 결단코 건드리지 말아라. 혹
여 잘못되었다간 명이 끊기고 잘 풀려도 크게 다칠
일이다."

할머님은 혹시 모르니 아주 멀리서 그 물건의 사진
을 찍어놓으라고 하셨다. 가까이 찍었다가는 화를 입
을지도 모르니 물건이 잘 보이지 않을 정도의 거리
에서 찍으라고 몇 번이고 신신당부하시고는 그 사진
을 할머님과 이웃했던 점집으로 들고 가라고 하셨다.
나는 곧 양피지를 촬영한 뒤 식탁의 장치를 원래대로
되돌렸다.

뒤늦게 오한이 나고 소름이 돋기 시작했다. 할머님
이 3년 전에 돌아가셨다는 것을 그제야 기억해냈기
때문이다. 오래전에 별세한 그분이 어떻게 나에게 연

✻

프로필 사진으로 올린 것

락을 하신 것인지 알 수 없었다. 그리고 그런 할머님
이 역정을 내시며 손가락조차 대지 말라는 그 물건은
얼마나 흉흉한 것인지 그저 겁이 날 뿐이었다.

　도망치듯 D의 집을 빠져나오고서 며칠이 지난 뒤,
나는 B와 번화가에 있는 카페에서 만나기로 약속을
잡았다. 굳이 도심에서 만나자고 한 이유는 내가 그
때까지 겁에 질린 나머지 인파 속에서의 모임이 아니
라면 안심하지 못한 탓이었다. B는 내가 자신을 돕지
않고 도망친 것에 화를 내면서 만나기를 거절했으나
내가 몇 번이고 간청한 끝에 마음을 돌렸다.
　나는 그때 B와 C의 관계에 대해 확신에 가까운 의
심을 하고 있었다. 그렇기에 B를 설득해야만 했다. C
는 B를 사랑하지 않으며 그저 먹잇감으로 대하고 있
을 뿐이라는 사실을 납득하도록 그를 설득해야만 했
다. 이는 서른이 넘도록 한 번도 연애를 하지 못했던
B에게는 너무나도 가혹한 진실이었다. 나는 그가 결
코 받아들이지 못할 거라고 짐작하면서도 나의 양심
과 돌아가신 할머님의 지시를 따라 어떻게든 그 이야

기를 해야만 했다.

그러니 당시 나의 고민은 B에게 C의 목적을 말하느냐 마느냐가 아닌, 어떻게 말하느냐 하는 방법론에 대한 것이었다. 약속 당일까지 그 방법론에 대해 숙고한 끝에 나는 내 나름대로의 산파술로, 정답으로 이끄는 질문들을 연쇄적으로 해 B에게 진실을 전달하고자 했다. 직설적으로 말했다가는 그저 제정신이 아닌, 사이비 종교의 광신도로 여겨졌을 테니 말이다.

"C는 형의 어디가 좋아서 남친으로 삼았대?"

"상냥해서 좋대."

상냥이라. 전혀 예상하지 못한 단어였다. 다른 누구도 아닌 B한테 상냥이라니. 그는 몇 년 전에 중학생 여자아이가 학교 내 성폭력 문제에 대해 언급을 한 것이 마음에 들지 않는다면서 그 아이에게 잔인하게 죽은 고양이의 시체 사진을 쪽지로 보냈다가 물의를 빚은 일마저 있었다.—다시 한번 강조하건데, 나는 할머님의 지시로 그와 연락을 하고 있을 뿐이었다.—어쨌든 나는 내가 당황했다는 사실이 공격적으로 여겨지지 않게 주의하면서 B에게 다시 질문을 던

73

✴

프로필 사진으로 올린 것

졌다.

"대단한데. 연애를 할 만큼 호감을 느낄 정도로 상냥하려면 얼마나 상냥해야 하는 걸까? C한테 뭐 좋은 모습이라도 보였어?"

B는 어깨를 으쓱했을 뿐이다. 자기가 생각해도 논리적인 답변은 아니었던 듯싶다. 물론 나 역시 세상에는 상대방이 매력적으로 여길 만큼 상냥한 사람은 있다고 생각한다. 아낌없이 헌신하고 주변을 배려하며 이웃과 정을 쌓는 것을 보며 다른 백 명, 천 명이 아닌 그 한 명을 골랐을 만한 사람은 분명 있다. 하지만 B는 그런 사람이 아니었다.

나의 95퍼센트짜리 의심은 곧 99퍼센트짜리 확신이 되었다. 하지만 남은 1퍼센트를 채우기 위해, 그리고 나의 확신을 B에게도 전달하기 위해 질문을 몇 가지 더 던져보기로 했다.

"그리고? 그리고 또 들은 거 뭐 없어?"

"같이 있으면 즐겁대."

같이 있으면 즐겁다니. 그건 두 사람의 관계가 잘되어가는 이유에 대한 순환 논증이 아닌가. 좋다. 즐거워서. 즐겁다. 좋아서. 정작 내 질문은 좋음과 즐거움에 대한 이유가 무엇인지에 대해서였으나 B가 들려준 C의 대답은 이를 적당히 회피하는 내용뿐이었다. 나는 질문 방향을 정반대로 돌려보았다.

"B는? C의 어떤 부분이 좋았어?"

"여자잖아."

인상적인 대답이었다.

"나를 있는 그대로 사랑해주는 사람이야."

인상적이진 않지만 확신을 더해주는 답이었다. 지나가다 인사만 해줘도 반해버리는 것이 B 같은 사람들의 특징이지만 이런 사람들의 있는 모습 그대로는 그렇게 사랑할 만하지 않기도 하다.

나의 이런 수지타산 계산법이 어색하게 들릴 수도 있겠다. 사람이 연애를 시작하면서 언제나 계산적으로 딱 맞아떨어지게 행동하지는 않으니까. 그냥 어쩌다 보니 타이밍이 맞아서 시작하는 경우가 훨씬 많고 나는 그 편이 더 건강하다고도 생각한다. 하지만 그럼에도 불구하고 내가 이런 질문들을 던진 데는 이유가 있었다.

✳

프로필 사진으로 올린 것

전날 D의 저택에서 도망친 뒤, 나는 겁에 질려서 도망치기 급급했다. 어느새 정신을 차려보니 할머님과 이웃했던 점집이었다. 어떻게 그곳에 도착했는지는 잘 기억나지 않는다. 위기 상황에서의 본능이나 할머님의 인도가 아니었을지 추측하고 있을 뿐이다.

무당은 식은땀에 젖은 나를 수건으로 닦으면서 계속해서 주문을 외우고 있었다. 그분은 내가 정신을 차리자 금줄을 둘러 의식을 준비했다. 내가 저택에서 찍은 사진을 보여주자 무당은 이마를 찌푸리고는 설명을 이어나갔다.

그분의 이야기에 따르면, 그 양피지는 주문이 적힌 주술서라고 했다. 그것도 아주 강력한. 그리고 그 주문은 상대방의 신체를 조종하고 혼백을 뒤바꿀 수도 있다고 했다. 그뿐이 아니었다. 양피지에는 B의 이름이 산스크리트어로 적혀 있다는 것이었다. 저주의 대상으로.

그렇다면 C가 B와 연애를 하게 된 이유가 명확해진다. B는 잘생기지도, 매력적이지도, 화술이 좋지도, 친근하지도, 조건이 탄탄하지도 않았다. 하지만 누군가가 타인의 육체를 강탈하고 싶은 상황에서 이는 단점이 아닌 장점이다. 이는 신체가 뒤바뀌었을 때 가족이나 친구 혹은 연인처럼 위화감을 느끼고 의문을 품을 사람이 없다는 이야기이기도 하니까.

"무엇보다 우리는 잘 통해. 내 사상에 공감한다고."

"B."

"응."

"너 이민자 싫어하잖아. 그런데 C는 이민자이고."

B는 무언가 깨달음을 얻었다는 듯 탄성을 질렀다. 나는 부디 그가 인권 의식에 대한 깨달음을 얻었기를 기도했다.

"그래서 나랑 안 자나?"

괜한 짓이었다.

나는 질린 나머지 그 자리를 애매하게 마무리했다. 하지만 윤리적인 고민을 멈출 수는 없었다. 아무리 볼 때마다 방금 싼 똥을 전자레인지에 돌린 뒤 쌀밥에 비벼먹는 기분이 드는 인간이더라도 그의 육신이 악마적인 존재—아마도 그보다는 더 나을—에게 강

✳

프로필 사진으로 올린 것

탈당하도록 내버려두는 것이 옳은가?

내버려두면 안 된다가 답이라는 사실은 당연히 알고 있다. 그래도 좀 더 오래 고민하고 행동하고 싶은 나의 마음도 이해해주었으면 한다. 아주 조금만 더 오래. 이를테면 내가 결심을 하고 그의 영혼을 타국의 주술사에게서 구하려고는 했지만 타국의 주술사가 한 발짝 더 빨라서 내가 안타깝게 성공하지 못할 정도로.

농담이다. 구하기로 결정하긴 했다. 쓰레기로 산 대가는 살아서 치러야만 하니까. 나는 할머님이 내가 B처럼 감자튀김에 비듬을 찍어먹을 때 들 만한 느낌이 나는 인간과 계속 교류하도록 안배하신 것은 다 이날을 위해서라 생각했다. 잘은 모르겠지만 아마 국가적인 차원에서 B의 육신이 저들에게 강탈당하면 안 되기에 나와 그를 묶어놓으신 것이리라고 말이다.

문제는 알았다. 답도 찾았다. 하지만 풀이 과정은 아직 떠오르지 않았다. 문제. 정체를 알 수 없는 주술사 일가가 B의 육체를 노린다. 어떻게 할 것인가? 답. 구한다. 풀이 과정을 쓰시오. 그러게.

✳

다행스럽게도 곧 이 풀이 과정을 찾을 기회가 왔다. B에게서 연락이 온 것이다. 너의 조언을 잘 들었노라며. 이번 주말에 C와 또 술자리를 할 것이라며. 함께 하지 않겠느냐며. 나는 알겠다고 답했다. 그때 어떻게든 B에게 이 상황을 주지시키거나 C의 마음을 돌릴 방법을 찾으리라 다짐하면서.

약속한 그날, C는 정겹게 나를 맞았다. 하지만 그 친절한 태도는 글쎄, 뭐라고 하면 좋을까. 길에서 산책하는 강아지를 만났을 때의 반가움에 가까웠다. 나와 C는 B의 인도를 따라서 술집으로 향했다.

B가 예약한 그 술집은 빈말로도 칭찬하기 어려운 곳이었다. 조명은 어둡고 자리는 불편했으며 사람들은 시끄러웠고 안주는 냉동식품을 전자레인지에 돌린 정도에 술은 싸구려뿐이었다. 이제와 생각하면 B의 계획에 있어서 이는 도리어 장점이었을 것이다.

그날도 B는 바텐더 대신 술잔을 나른 뒤 일장 연설을 이어나갔다. 그 내용 대부분은 요즘 플레이하고 있는 게임에 대한 이야기였다. 그 게임은 나도 가끔 B

✱

프로필 사진으로 올린 것

와의 공통 지인에게 권유받아 몇 번 다 같이 플레이해보았던 작품이었다.

"결국에 내 주력은 라인하르트잖아. 라인하르트가 아니더라도 주로 탱커 포지션을 맡고. 탱커를 하는 이유는 하나야. 탱커는 선두에 서서 전장을 점하고 진영끼리 서로 맞부딪쳤을 때 전선을 조율하는 역할이지. 결국 게임의 판을 주도하는 것은 탱커야. 팀을 지휘하고 방향성을 제시하는 게 내 적성에 맞는다는 말이지.

그래서 딜러들이 까불 때는 확 돌아버려요. 게임이 끝나고 하이라이트 장면을 꼽을 때 딜러들이 나오는 거야 당연하지. 그게 걔네들이 하는 역할이니까. 그리고 잘하는 딜러가 있으면 이기기 쉬운 것도 사실이야. 하지만 그 승리는 어디까지나 전투의 단위지. 전쟁의 단위에서는 지휘관의 역할이야말로 핵심이라고.

내가 탱커를 하는 거는 귀하게 자란 탓일지도 모르겠어. 개싸움은 니들이나 하라 이거지. 나는 고상하게 전체적인 판을 고민하느라 바쁘니까. 진짜로 중요한 일을 하기 위해서는 자잘한 잡무는 그런 천한 일을 도맡을 사람들에게 넘겨놓아야 한다는 거지. A, 너처럼 말이야. 힐러야. 루딱아."

B는 언제나와 마찬가지로 맥락 없이 자신은 추켜세우고 남은 깔보는 대화를 이어나갔다. 나는 그가 그러든 말든 노심초사하며 C의 눈치를 볼 뿐이었다.

나는 C가 B를 노리고 있다는 것을 알고 있었다. C는 내가 C가 B를 노리고 있다는 것을 알고 있다는 것을 알고 있는 눈치였다. B는 C가 B를 노리고 있다는 것을 모르고 있었다. 결국 C와 나, 두 사람만이 B가 무어라 하든 듣기는커녕 한 귀로 흘리면서 상대방이 언제 어떤 수를 꺼내들지를 주시하는, 일종의 게임을 플레이했던 것이다.

먼저 본격적으로 포문을 연 사람은 C였다.

"저는 요즘 동물권과 식문화에 대해 생각합니다."

"채식이나 인공육 같은 이슈들이요?"

"비슷합니다. 그중에서도 주로 동물을 요리 재료로 삼을 때 우리가 얼마나 잔인해지는지 같은 것들에 대해 생각하고는 합니다."

✳

프로필 사진으로 올린 것

C는 재미나지 않느냐는 듯 살포시 미소를 지었다.

"게장을 예로 들어보겠습니다. 한국 사람들 게장 진짜 좋아하잖습니까? 하지만 이 요리를 만드는 과정들을 상상해봅시다. 무척 잔인합니다. 게들이 간장에 빠져 죽고 염분으로 가득 찹니다. 우리는 게를 익사체로 만듭니다. 그리고 먹습니다."

"그러네요. 해양 생물도 당연히 동물권에 들어가네요. 게를 조리하는 과정도 이제 와 생각해보면 제법 잔인하고요. 그래서, C는 게장을 먹지 않거나 합니까?"

"아닙니다. 게장 좋아합니다. 하지만 게가 불쌍하기도 합니다. 그래서 아주 살뜰하게 뜯어먹습니다. 살점 하나 남기지 않습니다. 그러면 마음이 편합니다."

나는 고개를 떨어뜨렸다. 명백한 신호였다. 내가 알아서 깨끗하게 잘 발라먹을 터이니 너는 따지지 말고 그냥 지켜만 보고 있으라는.

C는 곧 손을 씻고 오겠다면서 자리에서 일어났다. 나는 B에게 그가 풍전등화에 놓였노라고 어떻게 말

해야 하나 고심했다. 하지만 B는 그런 내 속도 모르고서 희희낙락하고만 있었다. 나는 곧 먹잇감이 될 B가 왜 이렇게나 의뭉스럽게 어깨를 들썩이는지 알 수 없었다. 애는 상황 파악이 안 되나?

"안 오네. 쓰러졌나 보다. 너 있어 봐."

5분쯤 지났을 무렵인가. C는 그때까지 테이블로 돌아오지 않았다. B는 안달복달하기 시작했다. 이상한 노릇이었다. 아무리 C가 화장실에 간다고 했다가 돌아오지 않고 있기는 했어도, 잠깐 통화를 한다거나 편의점에 들렀을 수도 있지 않은가? 하지만 B는 확신한다는 듯 C의 안부를 염려했다.

나는 B와 단 둘이 있게 된 그 순간, C에 대해 경고하기 좋은 순간이라 생각했다. 그래서 B더러 좀 더 앉아서 나와 대화를 하자고 권했다. C는 아마 다른 볼일이 있는 거 아니겠냐면서 말이다. 그러자 B는 킬킬거리면서 자신의 속내를 밝혔다.

B는 주머니에서 약 봉투를 하나 꺼내 보였다. 특이하게도 그 봉투에는 약국명이 적혀 있지 않았다. B의 이상한 태도. 음흉한 웃음. 수상한 약봉투. 'C가 쓰러

*

프로필 사진으로 올린 것

졌나 보다'라는 추측. 이 정도로 단서가 모이자 아무리 눈치 없는 나라도 이게 무슨 상황인지 모를 수 없었다.

"B, 설마…."

"응. 몰래 약 먹였어. 하도 안 대주는데 이렇게라도 해야지. 슬슬 약효가 돌 때니까 난 가서 걔 데리고 올게. 남은 거 비우고 일어나자. 계산은 내가 할 테니까 대신 나갈 때 걔 옮기는 거 좀 돕고."

"야, 너 지금 뭐 하냐?"

"어른이 주는 생활의 지혜다. 형이 선물로 줄 테니까 너 필요한 때 써라."

B는 공범끼리의 미소를 지어보였다. 나는 그를 붙잡으려 했지만 그는 나의 만류를 달리 해석한 것 같았다. B는 나에게 약 봉투를 던지고는 자리를 떠났다. 나는 망연자실하게 가게 바깥에 있는 화장실로 향하는 그를 바라보았다. 괴물은 하나가 아니었다.

이것이 내가 B를 혼수 상태에 빠뜨리게 되기까지의 전말이다. 나는 그가 선물로 준 약을, 어른의 지혜를 바로 활용했다. 곧바로 B의 잔에 그 약을 넣어서, 정신을 잃은 C를 끌고 자리에 돌아온 그를 기절시킨 것이다. 다음으로는 구급차를 불러 사정을 설명한 뒤 B와 C를 각각 다른 병원으로 보냈다.

경찰에는 신고하지 않았다. C가 경찰을 감당할 수 있는 상황인지 확신이 서지 않았기 때문이다. 혹여나 싶어 B의 폰을 확인해보니 그의 폰 안에는 불법 촬영물이 가득했다. 자세히 보지는 않아 확인할 수 없었지만 C와 관련된 이미지가 있을지도 모른다는 생각에 우선 C에게 폰을 넘기고, C가 고소하기로 결정하면 그때 돕기로 마음먹었다. 이제 와 생각하면 비겁하게 피해자에게 책임을 떠넘긴 것이 아닌가 후회하고 있는 일이다.

B는 교통사고가 나서 입원 중이다. 병실에서 정신을 차린 그는 경찰에게 잡힐지 모른다는 두려움과 약 기운 탓에 병원을 탈출해 무단 횡단을 하던 중 차에 치여버렸기 때문이다. 혼수상태에서 언제 깨어나게 될지는 의사도 장담하지 못하고 있다. D에게 육신을 빼앗길 일은 없게 되었으니 그나마 다행인 노릇이다.

✳

프로필 사진으로 올린 것

그로부터 며칠 뒤 D가 나를 찾아왔다. D는 커다란 덩치에 목소리도 성악가처럼 웅장한 호한이었다. 그는 나를 포옹하고 악수하면서 자신을 구해줘서 고맙다며 연거푸 인사를 건넸다. 그리고 할머님에게도 감사하다고 고개를 숙였는데, 나에게는 허공에다 절을 하는 것으로밖에 보이지 않았다.

D는 당장이라도 B의 육신을 강탈한 뒤 다친 몸을 회복할 수 있다고 했다. 하지만 폰에 들어 있는 불법 촬영물로 감옥에 가게 될 몸에 구태여 들어가야만 할 이유도 없으니 안심하라고 했다. 더욱이 B의 사진 앨범에는 본인의 알몸을 찍은 전신 사진이 있었는데, 사진 속 그의 신체를 보아하니 굳이 노력해서 가져갈 만한 육신도 아니었다며 웃었다.

나는 D에게 B가 아닌 다른 사냥감을 찾을 것이냐고 물었다. D는 실소와 함께 그 계획은 관두었다고 했다. 이번 일로 단단히 데어, 동포들과 다른 나라로 떠나서 그곳에서 새로이 먹잇감을 찾기로 했으니 안심하라는 것이었다. 마지막으로 그는 사례라면서 자그마한 조각상을 나에게 주었다. 언젠가 도움이 될 것이라며 말이다. 그 조각상은 형태가 기하학적인 데다 표면의 질감이 광물 같기도 하면서 또 금속 같기도 해, 아마 성능이 뛰어난 3D 프린터로 가공한 물건 같았다.

그 이후 나는 B와 C 그리고 D 중 어느 누구도 만난 적이 없다. B는 아직 혼수 상태에서 깨어나지 못했으며 깨어나더라도 감옥에 가게 될 예정이다. C와 D는 나에게 약조했던 대로 이 나라를 떠났다고 들었다. 그의 동포들도 그 뒤를 따랐을 것이다. 결과적으로 나는 할머님의 조언을 따라 나라를 구한 셈이다. 하지만 이 땅에서 계속 살아가야 할 내 입장에서 생각해보면, 글쎄. 이게 과연 잘한 일인지에 대해서는 아직 판단을 보류하는 중이다.

✳

프로필 사진으로 올린 것

＊

입방해면생명체

＊

＊

＊

네, 이승민이 저예요. 그 이양철호의 생존자. 박사님이 편하신 대로 부르세요. 박사님이라고 불러도 되죠? 왜 절 부르셨는지는 잘 모르겠어요. 아마 킷캣 때문이겠죠. 잠수함이 가라앉을 때 간략하게나마 상황에 대해 설명을 듣기는 했거든요. 저를 살려준 것도 킷캣이었고요. 아, 킷캣이 형이에요. 저는 형을 킷캣이라고 불렀어요. 형 아이디가 그거였거든요.

　　형이랑 만난 건 데이트 앱에서였어요. 아뇨. 그 앱 말고 이거. 네. 본론으로 돌아갈게요. 휴학하고 부산으로 여행을 온 건 좋았는데 아는 사람이 없으니 심

＊
입방해면생명체

심하더라고요. 그래서 돈도 아낄 겸 앱에서 제가 쓰는 게스트하우스 방을 나눠 쓸 조건으로 사람을 찾았어요. 제일 먼저 연락을 준 사람이 킷캣이었고요. 유일하게 연락을 준 사람이기도 했죠.

박사님이 우려하신 것과는 달리 제가 뭘 알고 만났던 건 아니에요. 그냥 저처럼 이 동네에 관광을 온 외국인인가 했죠. 아시다시피 형이 한국말이 좀 서툴잖아요. 그때는 진짜 현지인의 감각으로, 한국에 놀러온 생각 없는 백인 형한테 친절하게 대했던 건데. 이렇게 될 줄은 몰랐죠.

앱으로 약속 장소를 부산역에 있는 그 차이나타운으로 잡고 가는데 가슴이 두근거리더라고요. 앞으로 여름 내내 방을 같이 쓸지도 모를 사람이라 생각하니 기대가 안 될 수가 없잖아요. 막상 가보니 기대했던 젠틀한 외국인이 아니긴 했어요. 박사님도 사진으로 보셨잖아요? 작은 키에 여드름투성이인 피부 그리고 살짝 벌어진 앞니까지. 항상 웃고만 있는 게 어딘가 좀 모자라 보였죠.

그래도 왠지 모르게 킷캣은 제 눈에 귀엽게만 보였어요. 어딜 보더라도 인기 좋을 타입은 아니었지만 저는 왠지 꼭 그런 사람이랑 잘 맞았거든요. 잘생긴 애들은 재수 없어. 뭣보다도 바다처럼 투명하고 푸른 눈이 얼마나 아름다웠는데요.

첫날에는 차이나타운 옆에 있는 러시아 식당에서 한 끼를 같이 했는데 말이 잘 통하더라고요. 아마 킷캣이 한국어를 못해서일 거예요. 원래 사람이 언어에 숙달되지 않으면 원초적인 말밖에 못하잖아요? 맛있다. 잘 잤다. 잘 쌌다. 그런 거. 킷캣이 딱 그랬거든요. 아니, 이제 와 생각해보면 그건 또 아닐 수도 있겠다. 그냥 무슨 이유에서든 원초적인 맛이 있었고 저는 그게 좋았어요.

킷캣은. 그러게요. 저랑 게스트하우스에서 지내기는 했지만 하는 일은 하나도 없었어요. 바닷가를 어슬렁거리는 정도가 일과의 전부였거든요. 가끔 문구점에서 비눗방울 장난감을 사다가 해변에 나온 아이들과 같이 놀고 배가 고파지면 과자점에서 형형색색의 젤리를 모았죠. 이렇게 말하면 좀 낭만적으로 들리죠? 근데 제가 좋은 것만 말해서 그렇고요. 언젠가 하루는 오이 두 개를 비비면서 놀더라고요. 그러면 뽀득뽀득 소리가 나거든요. 킷캣은 다섯 시간을 그랬어요. 게스트하우스 방에 누워서요. 다섯 시간을.

어디가 좋냐뇨. 그런 게 좋은 거죠. 박사님이 연구실에 너무 오래 계셔서 모르시나 본데요. 진짜로 사치스러운 건 그런 거예요. 시간을 낭비하는 수준이 아니라, 신경을 쓰지 않는 수준. 킷캣은 그런 사람이었어요. 다른 누구보다도 부자였다고 해도 좋죠. 오이 두 조각으로 그렇게 행복할 수 있는 사람은 누구보다도 부자예요.

물론 그뿐만은 아니었어요. 킷캣은 맹하기는 했죠. 툭하면 넘어지고 요리하다 베이고 그랬는걸. 하지만 아픈 기색이라고는 하나도 없이 바로 다음 일로 넘어갔어요. 몸이나 마음이 다치는 것을 두려워하지 않았죠. 아픔을 모르는 사람도 아니었어요. 다만 언제라도 다시 나을 거라고 믿었죠. 믿는 대로 되었고요.

저는 킷캣을 보고 있노라면 이 사람은 어딘가 이 세상보다 더 큰 무언가에 연결된 사람이구나, 감탄하

고는 했어요. 좋은 사람한테만 찾을 수 있는 안정감
이죠. 그리고 킷캣은 좋은 사람이었어요. 제가 이제
까지 이 세상에서 만난 그 어떤 사람보다도요.

"이승민. 부산에 언제까지 있어?"
"몰라. 돈 떨어질 때까지?"
"오래 있어. 이승민."
킷캣은 짧은 한국어로 저를 붙잡았어요. 제가 킷
캣을 좋아했던 만큼이나 킷캣도 저를 좋아했거든요.
네. 그렇게 생각해요. 물론이죠. 박사님이 절 보시면
서 무슨 생각을 하시는지야 짐작은 가는데요. 제 말
을 믿으세요.
저는 예정된 한 달이 지나고 여행 비용을 다 썼기
에 수원으로 돌아갈 생각이었어요. 서류에도 나와 있
지만 친가가 거기거든요. 킷캣이랑 헤어지는 건 아쉬
웠지만 아시잖아요. 외국인이랑 만날 때는 그 사람이
언제라도 돌아갈 수 있다고 생각하고 만나잖아요. 언
제라도 헤어질 수 있으니까 만나기도 하고요.
하지만 킷캣은 그런 생각을 하지 못했던 것 같아

요. 애초에 형이 딱히 생각이라는 걸 하기는 하나? 그러니 이런 가능성에 대해 상상도 하지 못했던 거죠. 저는 킷캣의 손을 붙잡고 오래도록 제가 왜 집에 돌아가야 하는지에 대해 설명을 해줬어요. 대부분 돈과 관련된 이야기였고요. 애초에 저는 여행 비용이 모자라서 게스트하우스를 나눠 썼던 것 아니겠어요?

"이승민. 배 타자. 돈 벌자. 배에서 한 방 쓰자."

"아니, 형 오늘따라 왜 이렇게 치댐?"

마음이 동하기는 하더라고요. 저는 킷캣을 좋아한다 그랬잖아요. 제 마음에 드는 귀염둥이가 울먹거리면서 매달리는데 동하지 않을 도리가 있겠냐고요. 그쵸? 맞죠? 근데 현실은 또 현실이니까, 빈 통장은 또 빈 통장이니까 제 속만 상하는 거였죠.

그 이야기를 하니까 킷캣은 항상 들고 다니던 가방을 꺼내 보이더군요. 그 가방 안에는 돈뭉치가 몇 개는 들어 있었어요. 대부분 한화였죠. 킷캣은 양손으로 돈더미를 쥐어 보인 채 저에게 함께 있자고 애원했어요. 이기적이라고 해도 되는데요. 어쨌든 그 덕에 저는 부산에 계속 있을 수 있게 된 거죠. 하지만 그냥 돈이 있으니까 다 해결이야, 이럴 수도 없었죠. 둘 사이에 대화가 필요했어요.

"킷캣. 그럼 언제까지 한국에 있을 거야? 언젠가는 킷캣도 집으로 돌아가야 하지 않아?"

"이승민. 나는 곧 돌아가. 하지만 가기 전에 일이 있어. 일해야 해. 한 달 뒤에 일할 거야. 이승민도 같이 일하자. 이승민도 돈 벌 수 있어. 많이 벌어."

제법 괜찮은 제안이지 않아요? 만약 내가 그때 킷캣한테 용돈 받아서 생활했다고 해봐요. 좀 그렇잖아. 킷캣에게 잘 맞는 일이 거의 없기야 했지만 슈가대디에 맞는 사람은 더더욱 아니었다고요. 그런데 일감을 받아서 같이 지내게 되면 보기에도 나쁘지 않지. 알바 자리만 소개받는 거니까. 그때까지 킷캣한테 꾼 돈으로 지내다 알바비 받고서 갚음 되고.

저는 형을 꼭 껴안고는 고맙다고 했어요. 킷캣도 안심했는지 그 파랗고 예쁜 눈으로 울먹이기를 그쳤고요. 그날 밤에 우리는 밖으로 나가 진탕 마시고 게스트하우스로 돌아와서 행복하게 잠들었어요. 완전 좋았죠.

✳

입방해면생명체

"학생이 낙하산이야?"

"네, 형이 소개해준 건데… 한국 분이시네요?"

"맞아, 다 한국인. 학생 꽂아준 그 친구만 빼고. 신
참, 서류 작성하면 끝이야. 이거랑 이거, 그리고 이
거."

꿈만 같은 한 달이 지난 뒤 킷캣은 절 데리고 부산
에 있는 항구 근처 건물에 갔어요. 그 건물은 외관은
무척 허름했지만 그 안은 척 보더라도 값비싼 전자기
기들로 가득했죠. 저는 출입증을 받아 3층으로 올라
간 뒤, 길다란 수염을 얍삽한 모양새로 기른 주방장
님을 앞에 두고 이양철호 주방보조 자리의 면접을 봤
죠. 질문이 까다롭지는 않았어요. 형 덕분에 이미 내
정된 자리나 다름없었다나요.

일에 대한 설명도 잘 못 듣고 간 상태였어요. 킷캣
도 바다로 나가는 배의 주방에서 보조를 맡으면 된다
는데 이게 일이 간단하기는 하지만 수당이 이래저래
붙어서 짭짤하다는 정도만 설명했죠. 위험하기도 하
고 육지를 떠나서 배에 갇혀 지내게 되니 그 정도야
놀랄 일이 아니지만요. 저는 남자 따라서 어디 으슥한

건물에 들어간 뒤 계약 잘못해서 참치잡이 원양어선에 끌려가는 게 아닌가 싶었는데. 킷캣은 그런 건 결코 아니라며, 큰 배를 타게 될 거라며 절 안심시켰죠.

그런데 형도 참. 어떻게 그 흉흉한 배를 편의점 아르바이트 정도로 소개를 했는지. 저는 그후 일어날 일들에 대해선 상상도 못한 채 그냥 돈 잘 준다니까 신만 났어요. 바다 생활도 처음이라 기대가 되었고요. 그야 이 모든 일이 킷캣이 저를 엄청 좋아하는 나머지 이렇게 일자리를 알선한 것이라고만 생각했으니까요. 그 배의 진실 따위야 한참 뒤에야 알게 되었고요.

"폐소공포증 같은 건 없고? 이 배에 타면 ㅂ섬을 찍고 올 때까지 갇혀 지내게 될 거야. 잠수함 생활이라는 게 녹록지는 않으니까 문제될 거 같으면 미리 말해주시고."

"잠수함이라고요? 이 배가요?"

그때 주방장님은 수염을 꼬면서 도대체 애는 어쩌다 이곳에 오게 되었냐는 듯이 저를 바라보시더군요. 그럴 만했죠. 온갖 기밀로 점철된, 극비 임무를 수행

✳
입방해면생명체

할 이양철호에 평범한 휴학생 민간인이 타겠다고 헤벌쭉한 얼굴로 왔으니까요.

하지만 박사님도 아시다시피 주방장님이라고 이양철호의 비밀에 대해 대단히 알고 계신 건 아니었으니까요. 적당히만 알았지. 그러니 그저 윗선에서 하라고 하니, 킷캣이 데려왔으니 그냥 넘어가겠다는 눈치였죠. 저는 그제야 킷캣이 무슨 일을 하는지 궁금해졌어요. 그래서 이양철호라는 게 뭐하는 잠수함인지, 킷캣은 누구인지, 또 제가 정말 주방보조 일만 하면 되는 건지를 주방장님께 슬쩍 물어봤지요.

"이양철호는 한없이 군사용에 가까운 잠수함이야. 하지만 군함은 아니다. 군대에 있는 어떤 서류에도 이 배에 대한 정보는 기입되어 있지 않으니까. 그리고 그 정신 사나운 백인 꼬마가 무슨 일을 하는지는 나도 몰라. 그런데 함장이 와서 꼬마한테 학생이 필요하니 학생을 뽑으라더군. 학생은 그 꼬마가 배에서 심심하지 않도록 놀아줄 놀이 상대 같은 거니, 설거지랑 배식 정도만 할 줄 알면 된다면서."

그게 면접의 전부였어요. 이상한 일을 하게 되었다

✳

는 건 저도 알았어요. 모를 수가 없죠. 하나부터 열까
지 다 수상했으니까. 그래도 저는, 아니다, 그렇기에
저는 더더욱 그 일을 하고 싶었어요. 저처럼 평범한
사람이 잠수함을 타고 머나먼 바다까지 항해를 할 기
회는 다시 없을 테니까요. 그리고 무엇보다도, 이 이
상야릇한 여정이 무얼 목표로 하고 어딜 향하는지 제
두 눈으로 확인하고 싶었으니까요.

그럼요. 당연히 후회하죠. 괜한 호기심이었어요.
그래도요. 아마 그때로 다시 돌아가도 똑같은 선택을
할 거 같기는 해요. 그러니까 후회도 하지. 돌아가서
똑같은 짓을 하지 않을 정도의 일이면 후회하지도 않
아요.

면접을 마친 뒤, 게스트하우스로 돌아오니 킷캣이
안절부절하면서 저를 기다리고 있더군요. 저를 보더
니 흥분해서 그 짧은 한국어로 횡설수설해대는데 얼
마나 귀엽던지. 하여튼 저는 킷캣의 두 손을 잡고 면
접은 잘 본 거 같으니 안심하라고 달랬어요. 다행히
킷캣은 어색하게나마 미소를 지으면서 고개를 끄덕

였고요.

킷캣의 흥분이 가라앉기를 기다린 뒤 전 킷캣에게 그 배가 뭔지, 주방장님도 모른다는 일이 뭔지, 킷캣은 도대체 뭐하는 사람인지를 물어봤어요. 하지만 킷캣은 제대로 된 대답은 하지 못하더군요. 아마 본인도 스스로가 맡은 역할이 무엇인지 잘 이해하지 못한 듯했어요. 다만 집으로 돌아가야 하는데 그 배를 타기 전까지는 함장님이 집으로 돌려보내주지 않을 거라고 했어요.

킷캣이 하는 말이 하도 이해가 가지 않아서 차라리 내가 영어를 배울까 싶었어요. 하지만 그제야 저는 충격적인 사실 하나를 알게 되었죠.

"이승민. 나 영어 못 해."

킷캣이 한국어뿐 아니라 영어도 못 한다는 사실을 말이죠. 저는 그때까지 형이 당연히 미국인일 거라고 생각했거든요. 그렇잖아요. 부산까지 와서 아무것도 하지 않고서 오이를 다섯 시간이나 비비면서 행복해하고 있는 인간이 미국에서 태어난 백인 남성 외에 그 누가 있을 수 있겠어요. 아녜요?

✳

"킷캣은 그럼 어디서 왔어? 살던 집이 어딘데? 웨어 아 유 프롬? 이 정도 영어도 몰라? 아는 단어 뭐 없어?"

"…파인애플?"

진심으로 그랬던 것 같아. 그쵸? 그렇죠. 하지만 그때는 그냥 나한테 말하기 싫어서라고만 생각했어요. 그럴 법도 했잖아요. 파인애플이라니. 데이트 상대가 저한테 뭘 숨기는 일이야 자주 있는 일이었으니까 놀랄 일도 아니었고요. 우리끼리 그 정도로 서운할 것도 없잖아. 그래서 그렇게만 생각했지. 하지만 이제는 알죠. 그냥 킷캣이 인간의 구강 구조로는 발음할 수가 없는 나라에서 와서였다는 걸.

그날 저는 꿈을 꿨어요. 깊은 바닷속 어두운 동굴 안에서 헤엄치는 꿈을요. 박사님은 보고서로 이미 읽으셨겠죠. 저만 그런 꿈을 꾼 게 아니었으니까. 참 잘도 그걸 비밀로 부치셨어요. 그쵸. 못된 사람들 같으니.

꿈속에서 저는 알몸이었어요. 기분 탓인지는 모르

겠는데 그 바닷물은 얼음장처럼 차가웠거든요. 동시에 강한 압력에 제 몸이 강하게 짓눌려서 숨을 쉬기가 어려웠죠. 애초에 제 몸은 바다에서 숨을 쉴 수도 없는데 말이에요. 지금 와서 생각해보면 그 꿈에서 제 몸은 제 몸이 아니었으리라 짐작하지만요.

어쨌든 그렇게 무방비 상태로 바닷물의 흐름에 몸을 맡길 수밖에 없었어요. 저는 막연한 두려움 속에서 온기를 만나기를 기도했어요. 당연히 심해에서 그런 건 존재하지 않았고요. 그러다가 그 소리를 듣게 된 거죠.

모르겠어요. 어떻게 묘사를 해야 할지를요. 제가 음악을 잘 듣는 편도 아니고요. 그런 음악은 지상에는 있지도 않으니까요. 멜로디요. 그냥 막연하게나마 이미지로만 말하면 이래요. 형언할 수 없는 존재가 녹슨 관악기로 기쁨을 연주하고 있었어요. 행복한 거 같았어요. 하지만 그 행복은 누군가의 불행에서, 부재에서 시작한 행복이었어요.

저는 다시 한번 겁에 질려서 그 자리를 벗어나려고 했어요. 저는 그자의 기쁨에 동참할 수 없다는 것이 분명했어요. 제 존재가 알려지면 그의 흥을 깨버릴 것이 분명했고요. 저는 그의 불청객이다 못해 바퀴벌레처럼 하찮다 못해 경멸스러운 무엇이라는 걸 본능적으로 느낄 수 있었어요. 바퀴벌레. 맞다. 저는 바닷속 바퀴벌레가 된 기분이었어요. 딱 그랬어요.

그러다 꿈에서 깨어나서 벌떡 일어났죠. 비명조차 지르지 못했어요. 꿈에 나왔던 그 누군가가 제 외침을 들을까 봐 무서웠거든요. 말도 안 되는 생각이었죠. 아닌가? 박사님. 이 생각은 말도 안 되는 게 맞죠? 그래요? 그렇군요. 이거 다행이야, 불행이야? 어휴.

식은땀으로 흠뻑 젖어서 옆을 보니 킷캣이 걱정스럽다는 듯 저를 바라보고 있더군요. 저는 그때 한숨을 쉬었는데 그 숨결조차 차가웠던 것 같아요. 마치 한겨울의 눈보라가 몰아치는 길거리에 서 있는 것처럼요. 그때는 아시다시피, 여름이었고 게스트하우스 안이었는데도요.

킷캣은 수건을 가지고 와 제 이마와 뺨 그리고 목덜미를 닦으면서 저를 진정시켰어요. 그때 알아차렸어야 했는데 말이죠. 킷캣은 제가 무슨 꿈을 꾸었는지, 그리고 꿈에서 들은 연주가 누구의 연주였는지 알고 있는 눈빛이었는데 말이죠. 저는 겁에 질린 나머지, 이 모든 것이 제가 킷캣을 사랑한 나머지 안도하려고 새로이 꾸기 시작한 꿈이라고만 여겼어요. 그래야만 모든 것을 그저 꿈이라고 치부하고 무시할 수 있을 테니까요.

다음날 점심, 킷캣은 그 짧은 한국어로 꿈에 대해 뭐라고 길게 설명을 하려고 했어요. 대충 정리하면 꿈은 다른 세상을 볼 수 있는 마음의 창이라는 내용이었어요. 그때는 킷캣이 무언가 낭만적으로 저를 위로하려는 것이라고 생각했는데. 아녔죠. 그저 차가운 진실일 뿐이었으니까요. 킷캣, 이 멍청이야.

꿈을 꾼 날은 이양철호에 들어가는 날이기도 했어요. 저는 게스트하우스에서 짐을 챙겨 킷캣과 함께 항구로 향했죠. 우리는 거기서 작은 배를 타고 어떤 섬으로 가 이양철호에, 잠수함에 들어갈 예정이었어요.

가서 입을 옷이나 필요한 물품은 이미 한 주 전에 다 챙겨놓았죠. 잠수함이니 선블록 크림은 가져가지 않아도 된다는 점은 마음에 들었어요. 킷캣도 별다른 짐이 없었어요. 아니, 오히려 제가 제 물건을 사면서 같이 챙겨줘야 할 정도였죠. 형은 초등학교 저학년 정도의 상식만 있었던 것 같아요. 이거 다 박사님네 잘못 아녜요? 나 참. 왜 내가 초등학교 선생님 역할을 하냐고요. 미국에서 온 백인 남자니까 그런 줄 알았을 때가 차라리 좋았지. 네? 네. 박사님. 그냥 제 인종적 편견이려니 하세요.

배 안에서의 생활에 대해서는 출항하기 며칠 전 오리엔테이션에서 간략하게 설명을 들었으니 어려울 것은 없었죠. 그냥 이 배는 해저에서 과학 연구를 하기 위해 출발하는 것이며 국제법과 관련해 민감한 영역이 있기 때문에 저 같은 민간인 출신들은 비밀 서약서를 십여 종류 써야 하며 SNS에 이양철호에서 보고 들은 것을 올리는 순간 억 대 소송에 휘말릴 거라는 이야기도 들었지만 그건 배 안이 아니라 배 바깥에서 조심할 것들이었고요.

폰이나 랩탑 같은 건 아예 들고 오지도 못하는 금지 물품이었기에 가방 안에는 책만 한가득 넣어놨었

✳

입방해면생명체

죠. 외장하드라도 허용이 되면 드라마나 영화 같은 걸 잔뜩 다운받고서 들어갔을 텐데. 딱 그런 느낌이었어요. 휴가. 일상을 잠시 벗어나서, 세속에서 벗어나서 좋아하는 사람과 함께 책이나 읽으면서 며칠 여행을 다녀오는 그런. 웃지 마. 웃지 마요, 좀. 웃기죠. 나도 웃기긴 한데 웃지는 말아요.

주방 일이 고되지는 않았어요. 지상과는 다르게 물을 제한적으로 써야 하는 게 귀찮기는 했지만요. 그래도 식기세척기도 있었고 식판을 쓰니까 설거지에 큰 품이 안 들기는 했죠. 배식이랑 청소가 제가 해야 할 가장 어려운 일이었네요. 어차피 배 안에서 생활하니까 아침에 일찍 일어나는 게 어렵지도 않았고요.

오히려 좋았죠. 특히나 이 정체 모를 잠수함이 뭐하는 곳인지 파악하기 위해서는요. 어쨌든 이 배에 탄 누가 됐든 밥은 먹어야 했고 밥을 먹기 위해서는 저를 거쳐야만 했으니까요. 식탁을 정리하고 바닥을 닦으면서 저는 이양철호가 도대체 무슨 연구를 하기 위한 배인지, 어떤 사람들이 타고 있는지를 알아내려고 했어요.

걱정 마세요. 아시잖아요. 제가 알아낸 것은 이 배가 무슨 배인지 아는 사람이 아무도 없다는 거였어요. 무언가 수치를 계산하고 화면을 체크하고 배를 조종하고는 있지만 그게 무슨 의미인지 모르겠다는 이야기만 해댔으니까요. 누구 하나 가리지 않고서요.

그리고 또 하나. 엄청 중요한 거 하나. 꿈자리가 사납다. 다들 깊이 잠들지 못해 힘들어했죠. 그때는 바다 생활이 익숙하지 않아서, 잠수함이 움직이면서 함내에 울려퍼지는 소음 때문이라고 여겼지만, 그게 아녔는데 말이에요.

사람들이 모르는 건 이양철호의 목적에 대해서만도 아니었어요. 킷캣에 대해서도 전혀 알지 못하더군요. 그냥 외국인 하나가 타고 있다. 말을 잘 못하는데 뭘 하는지는 모르겠다. 주방보조, 그러니까 저랑만 놀고 있다. 배 안에 있는 몇 명과 친해지기는 했는데 이 사람들이 도리어 저한테 킷캣이 왜 이 배에 탔는지 물어봤죠. 그럴 때마다 답할 도리가 없어서 그냥 이 배의 마스코트 같은 게 아닐까, 하고 농담으로

✳
입방해면생명체

넘겼어요.

하지만 그 농담도 오래가지는 못했어요. 하루는 킷캣이 저를 돕겠다며 주방에 왔다가 대형 사고를 쳐버렸거든요. 칼로 자기 손가락을 썰었지 뭐야. 그때는 엄청 놀랐는데, 의무실로 데려가니 피만 많이 났지 상처는 곧 아물었죠. 그때 너무 놀라서 주방에는 출입금지를 시켰는데, 그 이후엔 주방 사람들도 킷캣에 대해서는 뭔가 이상하다는 이야기들만 해댔죠.

절단 쇼를 벌인 이후, 킷캣은 방안에서만 뒹굴거리면서 지냈어요. 다행히 킷캣은 저랑 단둘이서 큰 방을 썼기에 그 시간대 외에는 밖에 나갈 일도 잘 없었어요. 윗선에서 내려온 배려라나요. 하다못해 뱃사람이 아니면서 연줄로 들어온 저조차도 주방에서 뭘 하긴 하는데 킷캣은 그냥… 잠만 잤어요. 자거나 먹거나 두 가지 일 외에는 저랑 노는 정도였죠. 적어도 일주일이 지나기 전까지는요.

저랑 킷캣은 잘 때는 한 침대에 꼭 붙어서 잤어요. 좋아서이기도 했지만 그뿐만은 아니었던 것 같아요. 잠수함 2인실이라는 것이 어딘지 휑한 느낌이기도 했고. 떨어지면 괜히 불안했고. 언제나 기계가 내는 소음으로 웅웅 울리는 철통 안에서 무언가 안심할 게 필요했던 것 같아요. 둔중하고 어두운 소리에 갇혀서 서로의 심장 소리로만 안도할 수 있었어요.

"킷캣도 그렇지만, 학생도 참 속 편해."
"왜요? 뭐가요?"
"이 수수께끼 같은 배에 타고서는 뭐가 그리 좋다고 희희낙락이야?"

킷캣 형 말고는 제가 가장 오랫동안 이야기를 나눌 만한 사람은 아무래도 주방장님이더군요. 주방장님이 주방을 총괄하면서 가끔 남은 식재료로 이런저런 맛있는 간식을 해주곤 했거든요. 이 배를 탈 때 알코올이 반입되지 못했다면서 몰래 술도 담갔고요. 사과 주스에 건포도만 있으면 술을 만들 수 있는 거 아세요? 아, 이거 말하면 안 되나?

에이. 상관없겠죠. 주방장님은 이제 간식을 만드는 사람이 아니라 간식이 되신 몸인데, 뭐. 킷캣이나 저나 그 덕에 배를 곯지는 않았지만요. 그런데 이런 이

✴
입방해면생명체

야기를 했다고 유가족에게 갈 돈을 깎거나 하진 않는
거 맞죠? 네. 알았어요. 약속이에요. 그러면 계속 이
야기할게요.

"나는 원래 해군 출신이거든. 그런데 내가 알기로
한국에 이 정도 규모의 잠수함은 없어. 없어야만 하
고."

"있으면 뭐 안 돼요?"

"내가 봤을 때 이 정도 배면… 국제법에 몇 가지 저
촉되는데. 뭐에 저촉이 되는지는 묻지 마. 답하기 싫
으니까. 답했다가 무슨 봉변을 보려고."

그날도 그렇게 주방 멤버들이 모여서 밀주에 간식
을 먹던 차였죠. 알코올이 들어가니 주방장님도 입단
속이 좀 덜 되는 느낌이었어요. 그리고 입단속이 되
지 않을 때 가장 먼저 흘러나온 것은 가장 주방장님
을 힘들게 했던 것, 이 배의 진실에 대해서였죠.

"하기야 좀 이상하긴 하더라. 제가 식탁에서 사람
들이 이야기하는 걸 좀 들었거든요? 듣기 싫어도 들
리는 자리잖아요. 제가. 그런데 다들 지들이 뭘 하는
지를 몰라. 아는 게 모른다는 거뿐이야. 이 배가 뭔

배인지 아는 사람이 이 배에 있기는 하나 모르겠어.
그죠?"

"있어. 함장님."

"함장님?"

"그래. 학생은 함장 한 번도 못 봤지? 함장 식사는
내가 직접 배달하니 그럴 만도 해. 함장은 함장실에
서 잘 나오지를 않으니까."

저는 그제야 그 배에서 단 한 번도 만난 적이 없는
사람이 있다는 사실을 알게 됐어요. 저는 배의 위계
가 어떻게 설계되었는지를 몰랐거든요. 함장이라는
게 제일 높구나. 그런데 나는 본 적이 없구나. 그걸
그제야 알 정도로 몰랐죠.

"나는 사실 함장이랑 전전 배에서 같이 지냈어. 나
제대하기 전에. 그 양반도 군인 출신이거든. 지금이
야 나처럼 민간인에 수상한 신분이지만 그때는 함장
이랑 자주 이렇게 밀주를 나눠 마시고 그랬지."

주방장님은 함장에 대해 이런저런 설명을 이어나
갔어요. 해군에서 유망주로 꼽히던 함장이었다는 거.
주방장님이 제대한 뒤 어떤 극비 임무를 맡았다는

거. 그 임무에서 한쪽 눈을 잃는 큰 부상을 입고서 돌아왔다는 거. 다음으로는 이미 제대한 지 오래인 주방장님을 찾아와서 마찬가지로 제대한 다른 군인 중 머리가 잘 돌아가는 알짜배기들을 골라서 항해를 가자고 제안했다는 거. 예전에는 사람이 딱딱한 편이기는 해도 가끔은 농담도 하고 술도 마시고 그랬는데 이제는 성질머리가 불 같아졌다는 거.

그리고 이양철호의 수상함에 대해서도 막 이래저래 짚어주셨죠. 이 엔진이 달린 이 크기의 잠수함이 대한민국 소유로 있으면 안 된다. 우리가 지나친 지역 중 몇몇은 아무런 통보도 없이 지날 수 있는 해역이 아니다. 너처럼—그러니까, 저처럼요—막 자란 애마저 이런 배에 타고 있다는 것부터가 이상하다. 이 배가 무얼 위한 배인지는 모르지만 이렇게 모르고 있다는 사실만으로도 이 배는 온당치 않은 일을 하고 있다는 증거가 된다….

그 외에도 뭐, 이것저것 듣기는 했는데 기억은 잘 안 나요. 술자리 얘기라는 게 원래 다 그렇잖아요? 뭣보다도 그때는 주방장님이 멋모르는 신참내기 설거지꾼을 데리고 장난을 치는 거라고만 생각해서 귀 기울여 듣지도 않았고요. 주방장님이 박사님께서 찾는 비밀도 말했을지는, 글쎄요. 모르겠네요.

저는 술자리 이후로 그 존재조차 가늠이 되지 않는 함장님에 대해서는 새까맣게 잊어버렸어요. 취중에 들은 이야기를 반추하면서 지내기에는 제가 닦고 넣어야 할 젓가락이 너무 많았으니까요. 그리고 킷캣이 랑 소일거리를 하기 바쁘기도 했고요.

박사님한테 이건 따져야지. 박사님이 아마 생각이 있어 정하신 것이겠지만, 이양철호에 들고 갈 수 있는 물건은 정말 제한적이었잖아요. 저는 그때 가져간 책들은 거진 다 읽은 나머지 심심해서 익사할 것만 같았다고요. 그러니 남는 시간에 할 수 있는 일이라고는 킷캣이 연주하는 우쿨렐레를 들으면서 노닥거리는 게 전부였어요.

킷캣은 노래를 잘 불렀죠. 아마 그러려고 태어난 걸 거예요. 한국어를 못해서 흥겨운 멜로디에 아무 가사를 붙여다가 노래하고는 했죠. 많이도 불렀지만 제 기억에 남는 건 백 원짜리 커피 자판기에 대한 노래네요. 킷캣은 언제나 자기가 하고 싶은 일을 하고 싶은 때 했어요.

지상에 있을 때만큼 풍족하진 않았지만 즐거웠어요. 낮에는 해변에서 햇볕을 쬐고 밤에는 공원에서 달빛을 받으면서 걷고 그랬던 시절만큼은 아니었지만요. 충분히 좋았어요.

"나와."

하지만 우리의 이 평화로운 함내 생활도 곧 누군가가 방문을 두드리는 소리와 함께 끝이 났어요. 바로 함장이었죠. 그 저주받은 인간. 외눈에 분노를 담은 괴물. 그 사람은 문을 두드리는 동시에 벌컥 열고 들어와서 킷캣을 불러냈어요. 아니, 상대방 대답을 듣기도 전에 확 문을 열 거면 도대체 왜 노크를 했냐고. 하여튼 하나부터 열까지, 열둘까지 마음에 드는 구석이 없는 양반이었다니까요.

킷캣은 겁이 나는지 그렇잖아도 하얀 얼굴에 핏기가 더 가셔서 밀랍인형 같은 표정이 되었어요. 함장은 킷캣이 어떤 표정을 짓든 신경도 쓰지 않고서, 그의 한쪽 팔을 휙 끌어당긴 채 함장실로 향했고요. 저는 어이없어하며 그 꼬락서니를 지켜보기만 했죠. 제가 그때 따지고 들었다면 상황이 달라졌을까요? 에이. 아니겠죠. 그저 제가 영창에 좀 더 빨리 갇히게 되는 정도의 차이만 있었겠네요.

한심한 노릇이지만 저는 그제야 함장과 킷캣 그리고 이양철호의 비밀에 대해 고민하기 시작했어요. 도대체 이 배는 뭐지? 킷캣은 어떤 사람이길래 나를 낙하산으로 이 배에 취직을 시켜주는 동시에 함장의 뒤나 닦으러 졸졸 쫓아다니게 됐지? 함장은 왜 자기 똥을 자기 스스로 안 닦고 킷캣을 데리고 다니지?

이 의문은 그로부터 몇 시간이 지나, 킷캣이 함장실에서 돌아온 뒤에도 해결되지 않는 난제였어요. 킷캣이 함장한테 불려나가면 꼭 다섯 시간은 넘게 함장실에서 보내지 않았을까? 그럴 때면 매번 사람이 완전 녹초가 되어 돌아왔죠. 진이 빠지고 넋이 나간 나머지 공기로 가득 부풀어오른 풍선처럼, 붙잡은 손을 놓으면 하늘로 날아갈 것만 같았어요.

아니, 하늘로 날아가지도 못했겠죠. 우리는 강철로

✳

입방해면생명체

된 잠수함에 갇혀 해저 2만 리를 여행하고 있었으니까. 수압 때문에 펑, 하고 터져버리기만 했겠죠. 그래도 킷캣에게는 큰 문제가 아니었겠지만요.

함장은 매일같이 킷캣을 찾았어요. 그때마다 킷캣은 매번 지쳐서 돌아왔고요. 투명하기만 했던 푸른 눈동자가 탁해진 듯 보이기도 했죠. 저는 지친 채 돌아오는 형을 그저 보기만 하는 일에 신물이 났어요. 저는 킷캣에게 도무지 무슨 일을 하고 오기에 이렇게나 사람이 지쳤냐고, 뭐가 문제냐고 따져 물었죠.

그때 킷캣은 자신이 맡은 일은 카나리아가 되는 것이라고 했어요. 저는 엉뚱한 대답에 어리둥절해진 나머지 무슨 뜻이냐고 되물었지만 킷캣은 설명을 하지 못했어요. 어휘력이 부족해서만은 아니었던 것 같아요. 그보다는 말을 돌리고 대답하기를 피했던 것 같아.

혹시 이 양반, 함장이라는 인간한테 신체적인 학대라도 받는 게 아닌가 싶어서 같이 씻을 때나 잘 때 슬쩍슬쩍 멍든 곳이라도 없나 살펴봤는데 또 그렇지는 않더군요. 그러니 어디 또 대단하게 따질 방법도 없더라고요. 결국 그냥 고생했다고 도닥여주는 정도가,

제가 킷캣에게 해줄 수 있는 전부였던 거죠.

"이승민. 여기. 여기 봐봐."
"오. 비눗방울? 잘 부네."

킷캣은 청소를 하기 위해 비누를 푼 물에 철사를 꼬아서 만든 틀을 찍어 비눗방울 놀이를 했어요. 헤벌쭉 웃느라 벌어진 앞니가 그대로 보였지요. 바로 잠수함 대청소 날이었어요.

항해가 길어진 데다 실내에 갇혀 지내다 보니 꼭 치러야만 하는 행사였지 싶네요. 더욱이 배 안에서 지내던 그 인간들은 화장실에서 나오면서 자기 손도 잘 씻지 않았는데 청소라고 했을 리 없죠. 하루는 날 잡아서 청소를 해야만 했을 거예요.

그래서 모든 승무원들이 자신의 거주 구역과 업무 구역을 맡아 쓰레기를 모으고 바닥을 닦고 난장판을 벌였지요. 언제나 업무에서 열외가 되었던 킷캣조차도 청소에서는 예외가 되지 못했고요. 그래서 좀 좋았어요. 다른 경우라면 청소가 뭐가 즐겁겠어요. 하지만 그날만은, 킷캣이 내내 저랑 함께할 수 있었으

✳

입방해면생명체

니까 그래서 좀 좋았죠.

"이승민도 비눗방울 좋지?"

"좋아."

박사님만 있으니까 하는 이야긴데요. 킷캣은 함장한테 불려 다니면서 메말라가기도 했지만 점점 더 멍해졌던 것도 같아요. 아뇨. 멍청이라고는 안 했어요. 우리 애가 원래 멍청하긴 하지만 그래도 그렇게 말씀하진 마세요.

살은 빠지고 머리는 눈에 띄게 나빠져만 가는데 그런 사람이 또 저만 보면 좋다고 웃어요. 그 왜, 어릴 때 명절마다 시골집에 내려가면 할머니 댁 강아지가 줄에 묶여서도 또 저만 보면 좋아서 팔짝팔짝 뛰는 그런 짠한 순간 있잖아요. 킷캣을 볼 때마다 그런 알싸한 감정이 들더라고요. 역시 이게 사랑인가.

"킷캣은 왜 만날 웃지? 내가 그리 좋아?"

안쓰럽기도 하고 귀엽기도 하고. 그런 마음에 되도 않는 질문을 던졌죠. 원래 초반엔 다 그러잖아요.

"깡그리 다 좋아."

자식.

✳

하지만 즐거운 시간에는 꼭 훼방꾼이 나오기 마련
이더라고요. 킷캣과 비눗방울을 불면서 농땡이를 피
우던 중, 함장이 벌컥 문을 열고는 저희 둘을 번갈아
가며 노려보더군요. 이제는 뭐 문도 두드리지 않아.
게다가 오라 마라도 안 해. 그냥 한 번 팍팍, 하고 째
려보면 킷캣이 알아서 그 뒤를 따라 나가게 되었거든.

이러니까 킷캣이 또 강제로 진찰실에 끌려들어가
주사기를 들고 있는 수의사를 만나게 된 강아지 같더
라고. 그러니 제가 어쩌겠어요.

"함장님. 형이 가기 싫어하는데요."

소심하게나마 말려봐야 했죠.

"들어와."

"실례합니다."

함장은 킷캣을 데려가지 말라고 하는 저에게 의외
의 선택지를 제시했어요. 그건 바로 킷캣이 염려가
된다면 그와 함께 함장실로 와서 무슨 일을 하는지
구경하라는 것이었죠.

박사님이 절 부르신 게 비밀이 새어나간 것에 대한

✳

입방해면생명체

우려 때문이라면, 아주 틀리진 않은 게죠. 함장은 딱히 이양철호의 임무에 대해 숨기지는 않았거든요. 그저 그놈의 성질머리 때문에 다른 사람들이 몰랐을 뿐이고요.

"이승민이. 너는 저기에 앉아. 커피 끓여줄게. 야. 넌 저기 들어가."

전 함장이 손가락으로 가리킨 자리에 앉아 조용히 함장실 안을 둘러봤습니다. 제법 깔끔하더군요. 함장실이라고는 해도 저와 킷캣이 있던 2인실에 비해 그렇게 더 넓지도 않았어요. 다만 이런저런 물건들이 더 많기는 했죠. 책이나 컴퓨터 같은 것들이요. 왜인지는 모르겠는데 전자 오르간도 있더라. 잠수함 안에 설치된 CCTV 영상을 통제하는 부스도 있었지요. 그리고 무엇보다, 네. 그 흉측한 물건이 놓여 있었고요. 좋게 말하면 수면 캡슐처럼 생긴, 솔직하게 말하면 관짝처럼 생긴 그 탱크요.

제가 차를 마시는 사이 킷캣은 그 탱크로 가서 문을 열고 들어갔어요. 마치 관처럼 보이기도 했던 그 탱크로요. 안에는 찰랑찰랑할 정도로 물이 가득 차 있었지요. 네. 저도 알고 있었어요. 그게 킷캣의 임무였죠.

"저건 감각차단탱크야."

"그게 뭔데요?"

"안에 들어간 사람들이 촉각을 제외한 어떤 감각도 느끼지 않도록 염분으로 농도를 맞춘 물탱크지. 저 문을 닫으면 그 안에는 조명도 없고 바깥 소리도 차단된다. 중력조차 느껴지지 않아."

신기한 물건이었어요. 설명을 들어보니 어디 위험한 물건 같지는 않았죠. 그냥 잠이 잘 오게 하는 물건이 아닐까 싶은 정도였으니까요. 하지만 제대로 된 설명도 아니었어요. 그 물건이 왜 이 함장실에 보물처럼 감춰져 있는지, 또 킷캣이 왜 그 안에 들어가서 진을 빼야만 하는지에 대해서는 답이 되지 않았으니까요.

킷캣도 함장실로 오는 걸 싫어하는 눈치기는 했으나 감각차단탱크 안에 들어갈 때는 순순히 명령을 따랐어요. 결국 전 아예 직설적으로 함장에게 질문을 하기로 했죠.

"형이 왜 저기에 들어가요?"

"저놈은 이 배의 카나리아거든."

함장은 제 앞에 앉아 커피를 끓여줬어요. 그 양반, 스타벅스 원두를 갖고 배에 올랐더군요. 저는 오랜만의 기호품에 넘어가버렸어요. 뭐 어때. 덕분에 몇 달 만에 믹스커피가 아닌 원두커피를 마시게 되었는데 카나리아가 뭔지 알 게 뭐야. 내가 참아야지. 이런 심정으로.

하지만 함장은 커피 정도로 설명을 마칠 생각은 아니었더군요. 약간의 향을 즐길 만큼의 뜸을 들인 뒤 그 얄미운 입을 열더라고요.

"옛날 옛적 이야기야. 잠수함은 토끼를, 탄광 인부는 카나리아를 데리고서 바다 밑과 땅 밑을 다녔다고 하지. 밀폐된 공간에서 산소가 모자라거나 이상이 생기면 이 동물들이 가장 먼저 이상 신호를 보였기 때문이야. 토끼나 카나리아의 상태가 안 좋아지는 모습을 보고 그 안이 위험하다는 걸 깨달았던 거지."

"근데 그게 킷캣이랑 무슨 상관이에요?"

"저놈은 유전적으로 위기를 민감하게 느끼도록 조작된 인간이거든."

✳

전 그때 이게 뭔 헛소린가 싶었는데 말이죠. 함장은 세상 진지한 표정으로 헛소리를 이어나가더군요.

"너니까 하는 이야기야. 카나리아가 자기를 돌봐달라고 고른 인간이니까 하는 이야기라고. 윗선에서 내가 다른 사람에게 이 이야기를 흘렸다는 것을 알게 되면 쌩 난리가 나겠지만 배가 여기까지 왔으니 상관없지. 내가 이제부터 하는 이야기를 믿어도 좋고 안 믿어도 좋아."

"에, 뭐. 해보세요."

"이 배가 향하는 곳은 오래전, 핵폭탄 실험이 있었던 해역이야. 대외적으로는 그곳에서 있었던 실험이나 그 후폭풍이 교과서에 실릴 정도로만 밝혀졌지만 실은 훨씬 더 무서운 일들이 있었지. 그리고 몇십 년이 지난 뒤 과학자들은 그 해역에서 기괴한 생명체들을 발견했어.

어떤 학자들은 핵실험의 여파로 탄생한 돌연변이라고 주장했고 어떤 학자들은 핵실험은 애초부터 심해 속에서 살던 생명체들이 위쪽으로 부상하게 된 계기였을 뿐이라고 주장하기도 해. 사실 무슨 이유에서 발

✳

입방해면생명체

견하게 되었든 그건 선생들에게나 중요하지 나 같은 군인에게는 뭐가 되었든 좋은 일이지만 하여튼 그래.

네가 킷캣이라고 부르는 저것의 정체도 마찬가지야. 학자들이 그 심해고생물체의 체조직에서 배양한 세포를 뇌사 상태인 인간에게 이식해서 만든 키메라지. 심해고생물의 세포가 사멸한 인간의 뇌를 먹어치우고 새로운 뇌로 자라났대. 그 영향일까? 저놈은 심해고생물체의 기척을 읽을 수 있다더군.

저놈은 이 배의 나침반이라고 봐도 좋다. 이양철호의 목표는 윗선의 명령을 따라 새로이 심해고생물의 세포를 채취하는 것이거든. 그러니 저놈이 동포라고 할 수 있는 심해고생물체의 위치를 찾아내는 감각이 예민해지도록 감각차단탱크에 집어넣고 방향을 설정하게 하고 있는 거야."

이렇게까지 열정으로 가득한 헛소리라면 그 성의를 봐서라도 경청하는 편이 맞겠죠. 함장은 태연자약하게 군사 기밀을 공개하는 자신이 얼마나 대범한지를 뽐내고 싶어 했던 것 같기는 한데, 저로서야 알바 아녔네요. 그런데 박사님 표정을 보아하니 진짜긴 진짜였나 보다.

함장은 신이라도 나는지 함장실에 있는 다른 장치들에 대해서도 제게 자랑하듯 떠들었어요. 아마 킷캣에 대한 비밀을 공유할 사람이 절실했던 게 아닌가 싶어요. 사람들은 꼭 그러잖아요. 어쩌면 저도 그런 누군가가 필요했는지도 모르겠네요.

"엔진이야 말해봐야 입만 아픈 거물이지. 이 감각 차단장치도 무척 튼튼해. 배가 격침이 되어도 괜찮도록 설계가 되었거든. 그래서 블랙박스 기능도 갖고 있고. 그뿐인가? 초음파를 사용해서 잠수함 근방 이백 미터가량을 3D 지도로 맵핑하는 스크린도 있지. 색에 대해서는 알 수 없지만 형태나 질량에 대해서는 육안으로 보는 것보다 또렷하게 재현해. 함교와 함장실에만 있는 최첨단 장비야."

"대단한데요. 그런데 킷캣은요? 왜 매번 함장실에 들렀다 나올 때마다 이렇게 지쳐서 나오나요?"

맞아요. 별별 기밀을 다 들었어요. 그런데요. 박사님이나 함장한테는 어떨지 모르겠는데요. 그 잠수함이 얼마나 대단했고 여러분이 얼마나 잘나셨고 그딴

✱

입방해면생명체

건 저에겐 그냥 따분한 축구 경기 중계만도 못하고요. 제가 듣고 싶었던 이야기는 단 하나, 킷캣에 대해서였을 뿐이에요.

함장은 맹랑하다는 듯 웃었어요. 아마 자기가 하는 일이 얼마나 숭고하고 위대한지 제가 깨달으면 귀찮게 굴지 않으리라고 짐작했던 게 아닐까요? 그래도 대답 정도는 해주더군요.

"감각차단장치에 들어가서 그래. 안에서 계속 집중을 해야 하거든. 너도 게임 같은 거 오랫동안 하면 머리 아프잖아. 그 비슷한 거야."

"그래요?"

"그래."

믿어야 할지, 말아야 할지 모를, 성의라고는 새우젓에 달린 눈깔만큼도 없는 대답이었지만요.

"킷캣."

"왜? 이승민."

"괜찮아?"

그날, 킷캣은 평소와는 달리 멀쩡한 상태로 함장실

에서 나왔어요. 그때는 아마 제가 옆에 있었기에 함장이 킷캣에게 카나리아 일을 가혹하지 않을 정도로만 시켰으리라 짐작했지요. 그러게요. 그때는 제가 좀 멍청했네요.

방으로 돌아온 뒤 저는 킷캣을 안고는 등을 두드려주었어요. 킷캣도 그랬고요. 자세히는 몰라도 함장이라는 사람이 미친 사람이라는 것은 분명했고, 킷캣이 그 사람 밑에서 내내 힘들겠다는 것도 알았으니까요.

하지만 킷캣은 평소같이 태평하게 미소 지으면서 제 이마에 입술을 맞추었어요. 그리고 도리어 저를 위로해주었죠.

"킷캣은 언제나 괜찮아."

괜찮기는 개뿔이. 며칠 뒤 아침이었어요. 저는 요란한 소음 속에서 깨어나야만 했죠. 그날은 오랜만에 킷캣이 혹사당하지 않고 함께 잠들었던 덕인지 평소와 달리 악몽도 꾸지 않았는데도요. 저는 신경질을 감추려고 애를 쓰면서 제 어깨를 뒤흔들며 저를 깨우려는 파렴치한이 누구인지를 확인했어요.

✳

입방해면생명체

"일어나! 이승민이, 그 새끼 어딨어?"

"누구요? 킷캣?"

"그래, 그 새끼 어딨냐고!"

그리고 그 파렴치한은 누구겠어요? 함장이었죠. 함장은 성난 눈빛으로 저를 노려보며 킷캣이 어디로 갔는지를 물으면서 다그치기를 계속했어요. 저는 자다가 물벼락이라도 맞은 것처럼 팔딱 일어나서 피가 머리를 돌기 시작하자마자 설명을 이어나갔죠.

제 설명은 대충 킷캣은 다른 승무원들이랑 잘 지내지 않는다. 그래서 예정된 아침식사 시간보다 조금 더 일찍 나가서 사람들이 오기 전에 주방장님이 해준 음식을 먹고 온다. 이 시간에 킷캣을 찾으려면 식당으로 가면 될 거다. 그런데 킷캣을 찾고 싶으면 찾으면 되지 왜 이렇게 큰 소리를 내고 그러냐. 나 잘 때 예민하다. 잠은 잘 자야 하는데 앞으로는 그러지 마라. 정말 짜증이 난다. 뭐, 이런 내용이었어요.

쿠르릉, 쿠릉!

다시 한번 소음이 났죠. 네. 제가 깨어날 때 제 옆에서 어깨를 흔들었던 사람은 함장이 맞았지만, 제가 깨어나도록 소음을 낸 것은 함장이 아니었어요. 이 커다란 잠수함마저 쥐고 뒤흔드는 알 수 없는 무언가 였죠. 함장은 저의 불평은 더 듣지도 않은 채 주방을 향해 달려갔어요.

저도 심상치 않은 이 상황에 놀라 주섬주섬 옷을 챙겨 입고서 함장의 뒤를 따랐지요. 쉽지만은 않은 일이었어요. 잠수함 안에 있는 승무원들 전원은 계속 해서 어린아이의 채집통에 붙잡힌 벌레처럼 누군가 의 손아귀에 갇혀 뒤흔들려야만 했거든요. 평소라면 한달음에 갈 거리도 넘어지고 구르느라 바빠서 지나 지를 못했지요. 어휴. 그때만 생각하면 아주.

"함장님! 어서 함교로 오십시오!"

"안 가세요?"

"아니, 함장실이 우선이야!"

잠수함 안에서는 함장을 찾는 방송으로 귀가 찢어 질 것만 같았지요. 하지만 함장은 그저 무전기를 꺼 내 자신은 함장실에 가서 지시를 내릴 테니 그때까지 알아서 버티라고만 했어요. 이양철호가 함장실에서 도 대략적인 상황은 모니터링이 가능하도록 설계된

✳

입방해면생명체

덕분이었죠. 무엇보다 이 난리통에서는 이동했다 머리통이 깨지는 수도 있었고요.

"야! 너 이리 와."

"왜?"

"킷캣, 내 손 잡아!"

주방에는 주방장님과 킷캣이 바닥에 납작 엎드려 있었어요. 저는 재빠르게 킷캣이 있는 곳을 향해 몸을 던진 뒤 그 손을 붙잡았죠. 그러고는 저와 킷캣 두 사람은 함장의 인도를 따라 함장실로 향했어요. 너무나도 급작스러운 사건이었지만 킷캣은 본능적으로 이 상황을 이해하고 있었던 것 같아요.

함장은 함장실에 도착하자마자 킷캣을 감각차단탱크에 집어던지다시피 했어요. 킷캣의 표정은 어두웠지만 그래도 그 안에 들어가면서 저를 향해 웃어주었고요. 저는 그저 염려와 두려움이 뒤섞여서 일련의 사건들을 그저 바라만 보았네요.

함장실에 있는 커다란 스크린에는 곧장 잠수함 바깥 풍경이 비쳤어요. 함장이 자랑했던 대로 비록 색이 표현되진 않았지만 녹색의 빛줄기들이 궤적을 그

려나가고 교차하며 잠수함을 감싸고 있는 무언가의 자세한 형태를 그렸지요. 그리고 그 모양새는, 맙소사. 뭐가 되었든 아주 커다란 것이었어요.

저는 소름이 돋아서 숨을 죽인 채 함장을 바라보았어요. 함장은 스크린을 노려보고 있었으나 그 낯빛에서는 당황이나 절망이라는 감정은 일절 찾을 수 없었지요. 오히려 희열과 확신으로 가득 차 있었어요. 그 새끼는 알고 저질렀음이 분명했다고요.

"왔구나, 이 바다의 부조리야!"

함장은 함교에 계속해서 명령을 내렸어요. 뱀처럼 잠수함을 옥죄고 있는 무언가를 떨쳐내는 방법에 대해 지시 내리기를 반복했죠. 처음에는 어느 정도 성과가 있는 듯싶었지만, 어휴. 잠수함을 감싸고 있던 무언가와 똑 닮은 것이 하나 더 다가와 잠수함을 꽉 감아쥐더군요.

잠수함은 곧 비명을 지르는 듯했어요. 쇳덩이가 우그러지면서 나는 끔찍한 소리가 곳곳에서 들려왔죠. 바깥에 있는 거대한 무언가가 방금 전보다 배는 되도록 강한 힘으로 잠수함을 감아쥔 탓이었어요.

✳

입방해면생명체

하지만 그 압력은 곧 사라졌어요. 드디어 제 인생이 이 바다 밑에서 끝이 나나 탄식하는 사이, 배를 감싸고 있던 무언가가 스르륵, 하고 풀어주었던 것이죠. 그 무언가는 흥미를 잃은 듯 점점 멀리 떠나갔어요. 그리고 그때까지 너무나도 가까워서 가늠할 수 없었던 무언가가 비록 전체 상은 아니더라도 형태를 가늠할 수 있을 만큼 스크린에 잡혔어요.

그 무언가는 거대한 연체동물의 형상을 띄고 있는 것 같았어요. 어찌나 거대한지 촉수 하나만으로도 잠수함 전체를 휘감을 수 있을 정도였지요. 비록 초음파로 그 일부분을 스크린에 담아냈을 뿐이지만, 그 부분 상만으로도 혼절할 만큼 두려운 모습이었지요. 다행스럽게도 그 무언가는 점점 잠수함에서 멀어지고 있었어요.

하지만 함장은 그 상황이 달갑지 않은 모양이었어요. 갑작스레 고함을 지르더니 스크린 옆에 있는 버튼을 연타했죠. 곧 잠수함이 아닌 다른 무언가가 비명을 지르기 시작했어요. 저는 그 비명이 누구의 것인지 바로 알아차렸고요. 그 비명은 바로 감각차단탱

✳

크에 갇힌 킷캣이 고통 탓에 목청이 찢어져라 소리쳤던 것이었어요. 저는 깜짝 놀라서 함장이 그 버튼을 누르지 못하도록 막아섰어요.

"함장님! 지금 뭐하시는 거예요?"

"자극! 전기자극! 저 괴물을 끌어들이려면 괴물에게서 시그널을 더 강하게 받고 또 줘야만 해!"

"킷캣을 감전시켜서 괴물을 부르겠다고요? 안 돼요!"

괴물을 피하는 게 아니라 부르겠다니. 어이가 없었죠. 저는 울고불고 짜면서 함장에게 매달렸지만 함장은 기운도 좋더군요. 팔을 휙, 한 번 휘두른 것만으로 저를 멀찍이 던져버렸거든요. 저는 함장에게 밀쳐진 데다 흔들리는 선체 때문에 바닥을 데굴데굴 굴러서 벽에 부딪히고 말았어요.

"저것은 인류의 미래이며 보고다! 영생과 불사 그리고 생명의 레시피가 저 괴물에게 있는데 여기까지 와서 눈앞에서 저걸 놓치라고? 너, 지금 나랑 장난해?"

"그런 것들이 지금 무슨 소용이에요? 킷캣을 놔요! 킷캣도 죽이고 승무원들도 다 죽일 셈이에요?"

그러자 함장은 한쪽 눈에 걸쳐진 안대를 풀어 두 눈으로 저를 노려봤어요. 안대 뒤에 숨겨졌던 눈동자는 저에게는 놀랍도록 친숙한 빛을 하고 있었지요. 그의 눈동자는 마치 킷캣의 두 눈동자와 마찬가지로 짙은 푸른빛을 띠고 있었으니까요.

"죽지 않아, 죽지 않을 수 있어! 그래. 겁이 나겠지. 알아. 나 역시 그랬으니까. 하지만 이전의 배가 좌초될 뻔했을 때도 나는 어떻게든 저 괴물의 살점을 씹어 먹으며 살아남았다. 저들의 살점은 한쪽 얼굴이 날아가고 다리가 뭉개진 부상조차도 한번에 낫게 했어. 그러니 지금은 뒤로 물러설 때가 아니야. 저놈들을 손아귀에 넣기 위해 앞으로 나아갈 때라고!"

함장은 비명처럼 외쳤어요. 그러고는 다시금 스위치를 눌러 감각차단탱크에 전기충격을 가했지요. 킷캣은 고통으로 정신이 나가버렸는지 탱크의 문을 두드리면서 오열하기 시작했고요. 하지만 함장은 되레 큰 소리로 웃으면서 소리를 질렀어요.

"화면을 봐! 저 숭고한 존재를! 태고의 아미노산을! 생명은 감칠맛이다! 그리고 숭고한 존재를 올바

르게 숭배하는 방법은 그에 도전하는 일이야. 저들은 우리가 주는 사랑이나 존경에는 관심이 없지. 그러니 우리는 그저 저항해야만 해!"

뭐, 이 비슷한 내용을 지껄였지만 제겐 알 바 아닌 이야기였어요. 저는 괴성을 지르면서 함장에게 달려들었죠. 함장도 갑작스러운 기습 공격에 당황했는지, 또 타이밍 안 좋게 배가 흔들려 균형을 잃었는지 바닥에 쓰러지고 말았지요.

저는 함장이 엉거주춤한 사이 어림짐작으로 감각차단탱크의 문을 여는 버튼을 찾아 킷캣을 꺼냈어요. 그 안에서 얼마나 고통스러웠을까요. 아마 매번 이렇게 전기고문을 받아서 피폐해진 꼴로 제게 돌아왔던 것이겠죠. 저는 분노와 울분으로 어쩔 줄 몰랐어요. 킷캣은 아예 두 눈이 다 뒤집혀서 혼절한 상태였고요.

"너, 셋 셀 동안에 그 자식 다시 안에 넣어. 안 그러면 죽여버릴 테니까. 넣은 뒤엔 널 구금실로 보내버리겠어."

함장은 저를 향해 총구를 겨누고 있었어요. 박사님. 그 좁은 배에 뭐 총 같은 거 싣고 그래도 되는 거

였어요? 위험하지 않나? 어쨌든 저는 양손을 들어서
저항하지 않겠다고 신호를 보냈어요. 동시에 어떻게
해야 킷캣을 이 전기고문실 안에 넣지 않을 수 있을
지를 필사적으로 고민했지요.

"셋."

"안 돼요. 킷캣은 기절까지 했어요."

"둘."

"함장님, 제발…."

"하나."

저는 양손을 급히 내리고는 킷캣을 껴안았어요. 그
러고는 두 눈을 질끈 감으니, 총성이 아닌 노랫소리
가 함장실 안을 메우기 시작했지요.

달의 날을 찬미하여라

달의 날을 찬미하여라

지고의 지복의 때가 왔으니

그에 복무하여라

바로 지금 이로부터

찬미하여라

달의 군림을

달의 정복을

찬미하여라

　이 영문 모를 가사의 노랫소리는 혼절했다 여긴 킷캣이 부르는 것이었어요. 그때 저는 깨달았지요. 카나리아는 탄광에서 광부들이 위험한 공간을 확인하기 위해 쓰이기도 하지만 본래는 아름답게 노래하는 새일 뿐이라는 것을요.

　아니, 킷캣이 부른 것은 노래가 아니었을지도 몰라요. 그 어휘들은 킷캣이 알 법한 단어들은 아니잖아요. 아마 그저 머릿속에 떠오르는 악상에 더 가까운 무엇이었다고 생각해요. 그렇게 생각하는 이유는 단순히 가사 때문만도 아니에요. 왜냐하면 그 노래를 들은 사람은 저와 함장, 이 둘이었는데 저는 그저 전율 속에서 눈물을 흘리면서 주저앉았을 뿐이었지만, 함장은 갑자기 차분해지더니 저를 향해 겨우었던 총구를 입안에 삼킨 뒤 방아쇠를 당겼으니까요.

　천년 같은 노랫소리가 그치고 곧 상황은 진정되는

듯싶었어요. 스크린에는 방금 전까지 잠수함을 쥐고 흔들던 연체동물이 점점 더 깊은 바다로 헤엄쳐 내려가는 것이 보였죠. 함교의 승무원들도 함장에게 아무리 연락을 해도 아무런 대답도 받지 못하자 우선 도망치기로 결심했는지 잠수함을 해상으로 띄우려고 했고요.

하지만 그 시도는 아시다시피. 성공하지 못했죠. 거대한 연체동물이 돌아간 깊은 바다에서 더 큰 무언가가 치솟아 잠수함을 감쌌기 때문이었어요. 이 무언가도 잠수함을 감아쥐기는 했지만 연체동물과는 달리 부드럽고 폭신폭신한 느낌이었지요. 잠수함은 아무런 충격도 받지 않았을 정도였으니까요.

이 무언가는⋯ 그러게요. 굳이 비유하자면 커다란 입방형의 벌집 같은 모양새였어요. 우리가 탄 잠수함은 그 벌집 안에서 기르는 애벌레처럼 그 촘촘한 구멍에 갇히고 말았고요. 저는 그 무언가가 살아 있는 생물인지조차 모르겠어요. 그걸 생물이라고 부르려면 일반적으로 생명에 대해 내리는 정의보다 좀 더 넓혀서 불러야만 할 것 같네요.

그때 저는 시체 하나와 반쯤은 시체가 된 사람을 앞에 두고서 이제 어떻게 해야 할지를 고민했어요. 어쩌면 함장을 따라가는 편이 더 안락한 죽음일지도 모르겠다는 생각도 들었고요. 하지만 그때, 킷캣이 정신을 차렸지요.

"이승민. 이승민은 이제 돌아가."

"킷캣? 정신 차렸어? 몸은 괜찮아?"

"응. 괜찮아. 나는 이제 집으로 돌아왔어. 나에게로 돌아왔어."

킷캣은 후들거리는 팔로 스크린에 비친 그물덩어리 물체를 가리키며 말했어요.

"저게 나야. 이곳이 나의 고향이야. 하지만 이승민은 나의 고향에서는 살 수 없을 거야. 그러니까 배가 갇히기 전에 돌아가."

저 괴물이 자기라니. 어처구니가 없는 소리였죠. 하지만 그때는 직감적으로 그 말이 틀리지 않다고 느꼈어요. 그래서 나 자신은 몰라도 킷캣은 살아남을 수 있겠다는 생각이 들자 안도의 눈물이 흐르더군요. 그쵸? 박사님. 거짓말이 아니지요? 어떻게 킷캣이 그

한심한 머리로 제가 안도할 만한 거짓말을 즉석에서 만들었겠어요. 그렇죠? 네. 그렇군요. 네. 그럴 것 같았어요. 알고 있었어요.

"킷캣의 곁에 있는 거면 괜찮아. 그냥 여기서 죽지 뭐."

킷캣은 저의 눈물을 닦아주었어요. 그러고는 언제나와 마찬가지로, 그 투명하게 푸른 눈동자로 저에게 웃어주고는 저를 감각차단탱크로 이끌었어요.

"이 캡슐 안에 들어가. 함장이 이 캡슐은 구명정도 될 수 있다고 했어. 잠수함은 갇혔지만 캡슐은 빠져나갈 수 있을 거야. 나는 집에 왔어. 그러니까 이승민도 집으로 가."

너무 뒤늦게 깨달았어요. 이건 이별 선언이라는 것을요. 우리가 이제 이별해야만 할 때라는 것을요. 저는 눈물을 훔치면서도 말없이 양팔을 벌렸어요. 킷캣은 제가 뭘 하고 싶은 것인지 바로 눈치채고는 저를 따라 양팔을 벌려 저를 안아주었어요. 그러고는 웃더군요. 언제나처럼요.

그게요. 저는 함장처럼 바다 속의 그 뭔지도 모를

142

것들을, 생명의 레시피니 뭐니 하는 것들을 손안에 넣는 일에는 관심이 없었어요. 그럴 필요도 없었고요. 하지만 저는 킷캣을 품안에 넣는 것에는 성공했어요. 무척 따스하고 포근했지요.

다음에 일어난 일은 잘 기억이 나지 않아요. 킷캣은 제가 감각차단탱크에 들어가자 패널을 조작해 탱크를 잠수함 바깥으로 사출했어요. 저는 그 안에서 기절하다시피 잠들었고요. 잠에서 깨어나니 미국 함대가 저를 찾아서 보호하고 있더군요.

그래서 박사님이 저에게 듣고 싶은 것이 무엇인지는 모르겠어요. 하지만 제가 알고 있는 사실 하나만큼은 말씀드릴 수 있을 것 같아요. 바다. 바다는 너무나도 멋지고 정말이지 아름다운 곳이에요. 그 깊숙한 밑바닥에는 생명이 흘러넘치고 있어요. 그리고 그곳에는 세상에서 내가 가장 사랑하는 친구가 살고 있지요. 네. 그게 제가 아는 전부예요.

✳

입방해면생명체

작가의 말

✴

러브크래프트를 왜 다시 써야만 할까? 다시 쓴다면 어떤 방향으로 다시 써야만 할까? 기획에 대해 제의를 받았을 때 이 두 가지 질문에 대해 고민하지 않을 수 없었다. 첫 번째 질문에 대한 답을 찾는 데는 시간이 오래 걸리지 않았다. 나는 러브크래프트가 제시한 세계관에 매력을 느끼면서도 그 안에서 이형의 존재들이 타자화되는 방식에 의문점이 있었다. 나는 이 의문에 대해 내 나름대로 답을 내보고자 이 기획에 참가하기로 결심했다.

기획에 참가하기로 했으니 이제 두 번째 질문에 대

✴

한 답을 찾아야 했다. 그 답은 하나가 아니었다. 그래서 세 편의 단편을 쓰게 되었다. 하나는 러브크래프트의 이야기를 그대로 따라가면서도 그 안에 내재된 모순을 암시하는 것으로, 다른 하나는 러브크래프트의 이야기를 나의 시선으로 바라보는 것으로, 마지막 하나는 나의 이야기를 쓰면서 러브크래프트의 소재를 가져오는 것으로.

나를 아는 독자들은 〈악의와 공포의 용은 익히 아는 자여라〉의 첫 문단부터 이 작품이 〈아기공룡 둘리〉의 변주임을 알아차렸으리라 믿는다. 나는 몇 년 전부터 〈아기공룡 둘리〉는 한국의 코스믹호러라고 강하게 주장한 바 있으니 말이다. 고대의 존재로부터 초상의 능력을 부여받은 괴생명체가 몇억 년의 시간 동안 빙하 속에 갇혔다가 현대에 깨어나서 인류를 광기로 물들인다는 점에서 〈아기공룡 둘리〉는 분명 코스믹호러와 맞닿아 있다.

다만 〈아기공룡 둘리〉의 김수정과 러브크래프트가 소수자와 이방인을 바라보는 시선에는 커다란 차이가 있다. 둘리와 그 동료들은 당시 셋방살이를 하는 소시민적 설움을 고스란히 품은 타자들이다. 러브크래프트가 이 타자들을 혐오와 공포 그리고 숭고라는 형식을 빌려 직시를 회피하는 반면, 〈아기공룡 둘리〉는 그들을 냉소와 연민이 뒤섞인 시선으로 바라보지 않던가.

〈악의와 공포의 용은 익히 아는 자여라〉는 〈아기공룡 둘리〉를 러브크래프트의 시선으로 재구성한 작품이다. 그렇기에 원작에 풍부히 담긴 애정과 연대의 의식은 의도적으로 담지 않았다. 동시에 대부분의 장면과 대사들을 〈아기공룡 둘리〉에서 차용하여, 같은 소재를 두고 쓰더라도 작가가 시선을 어느 곳에 두느냐에 따라 완전히 다른 이야기가 나올 수 있음을 증명했다. 어디서 무얼 따왔는지 찾아보는 재미도 있을 것이다. 덤으로, 욥기에서 몇 문장을 빌리기도 하였다. 고길동의 시련을 욥의 고난으로 해석하는 이들이 있기 때문이다. 나는 이 해석에 동의하지는 않는다.

〈프로필 사진으로 올린 것〉은 《현관 앞에 있는 것》을 내 식대로 해석한 작품이다. 처음에는 《시끌별 녀석들》이나 《오! 나의 여신님》을 비롯한 20세기 말, 일

본의 남성향 러브코미디 작품들을 러브크래프트 풍으로 다시 쓰려고 기획한 작품이었다. 러브코미디에서 사랑의 대상을 숭배하는 과정 역시 러브크래프트 세계관에서 공포의 대상을 혐오하는 것만큼이나 타자화의 과정이니 궤가 맞아떨어진다 보았기 때문이다. 두 장르의 주된 소재인, 형언할 수 없이 아름다운 존재나 형언할 수 없이 두려운 존재 모두 주인공을 독차지하겠다며 덮치기는 매한가지이지 않던가?

하지만 이 노선은 작업 도중에 다른 방향으로 틀어야만 했다. 〈프로필 사진으로 올린 것〉마저 여러 원형들을 뒤섞으면, 〈악의와 공포의 용은 익히 아는 자여라〉와 별다른 말을 하지 않게 될 위험이 컸기 때문이다. 그래서 이 작품에서는 《현관 앞에 있는 것》에 좀더 집중하되, 〈악의와 공포의 용은 익히 아는 자여라〉와는 달리 나의 시선이 더 적극적으로 개입하도록 타협을 보았다.

이 작품의 내용은 내 꿈에서 따오기도 했다. 나의 예비 신부처럼 아름답고 현명한 이가 재미도 없고 따분하기만 한 나와 결혼하기로 결심한 이유는 나의 몸과 재산 그리고 사회적 지위를 노리기 때문이라는 내용의 꿈이었는데, 내가 재미만 없는 게 아니라 건강과 재산 그리고 사회적 지위 역시도 없다는 사실을 떠올리면서 지금 내가 꿈속에 있다는 것을 깨닫는 순간 꿈에서 깨버렸다. 나는 정말로 조건을 떠나 사랑받고 있다.

여기까지 작품 해설을 읽었다면 다들 눈치챘겠지 싶은데, 〈입방해면생명체〉는 〈네모바지 스폰지밥〉의 인물들을 러브크래프트적으로 재해석한 다음, 《모비딕》의 구조에 집어넣은 작품이다. 이번에도 주요 문장들은 〈네모바지 스폰지밥〉과 《모비딕》에서 따왔다. 요나서도 담고 싶었는데 적용했는지는 기억이 나지 않는다. 굳이 성서적으로 풀어나갈 만한 작품이 아니기는 하다.

나는 〈악의와 공포의 용은 익히 아는 자여라〉와 〈프로필 사진으로 올린 것〉을 쓰면서 감정 소모가 심했다. 조금 더 나다운 이야기를 쓰는 것으로 소진된 에너지를 다시 채우고 싶어, 이 책에 수록될 마지막 작품은 누군가를 사랑하고 추억하는 이야기로 방향

✳

을 잡았다. 하지만 어디까지나 러브크래프트 다시 쓰기라는 기획에서 궤도를 벗어나지는 않아야 했다. 그래서 앞선 작품들로는 러브크래프트의 공포를 다뤘으니, 여기에서는 러브크래프트의 광기를 다루자고 결심했다. 그리고 광기라고 했을 때 내 머릿속에 가장 먼저 떠오르는 작품은 당연 〈네모바지 스폰지밥〉이었다.

정작 다 쓰고 나니 러브크래프트나 〈네모바지 스폰지밥〉보다는 《모비딕》의 반복에 가까운 글이 나오기는 했다. 하지만 그렇기에 마음에 든다. 앞서 다룬 고민들의 논리적인 결론이 허먼 멜빌로 연결되는 것은 하나도 놀랄 일이 아니니까.

세 작품에 나오는 이방인들은 모두 앞니가 벌어져 있다. 뱅자맹 말로셴은 《산문팔이 소녀》에서 벌어진 앞니를 "예언자의 바람이 부는 곳"이라고 했다. 무슨 소리인지는 모르겠으나, 그가 이 구멍 안의 구멍에 주목한 이유 정도는 알 것 같다. 이 책에 들어간 모든 글들은 전부 그 이유에 대한 탐구다. 뭔들 그렇지 않겠냐만.

✻
작가의 말

✳

P LC.RC

Project
L o v e c r a f t .
Recreate

악의와 공포의 용은 익히 아는 자여라

1판 1쇄 찍음 2020년 4월 16일
1판 1쇄 펴냄 2020년 4월 30일

지은이 홍지운
펴낸이 안지미
기획 이수현
편집 유승재
교정 박소현
디자인 안지미 이은주
제작처 공간

펴낸곳 (주)알마
출판등록 2006년 6월 22일 제2013-000266호
주소 03990 서울시 마포구 연남로 1길 8, 4~5층
전화 02.324.3800 판매 02.324.2846 편집
전송 02.324.1144

전자우편 alma@almabook.com
페이스북 /almabooks
트위터 @alma_books
인스타그램 @alma_books

ISBN 979-11-5992-295-4 04800
ISBN 979-11-5992-246-6 (세트)

이 도서의 국립중앙도서관 출판예정도서목록CIP은 서지정보유통지원시스템
홈페이지http://seoji.nl.go.kr와 국가자료종합목록 구축시스템http://kolis-
net.nl.go.kr에서 이용하실 수 있습니다. CIP제어번호: CIP2020014737

알마는 아이쿱생협과 더불어 협동조합의 가치를 실천하는 출판사입니다.

종이 표지_스노우화이트 250g/m^2 본문_그린라이트 100g/m^2

오마주와 전복으로 다시 창조하는
H. P. 러브크래프트의 세계

Project LC.RC

악의와 공포의 용은 익히 아는 자여라 .. 홍지운
아이들이 우이천에서 데려온 이상한 도마뱀.
이 괴생물체의 등장 이후 사람들은 나를 미친 사람 취급하기 시작한다.

별들의 노래 .. 김성일
불의를 참지 못 하는 신참 노숙인 김영준. 그는 홀리듯 사람의 마음을 얻는
강 선생을 만난 뒤부터 아득히 먼 우주의 심연을 보기 시작한다.

우모리 하늘신발 .. 송경아
일제강점기 기이한 노파 드란댁이 만든 이상적이고도 비밀스러운 공동체.
드란댁은 이 마을과 사람들을 '텃밭'이라 부른다.

뿌리 없는 별들 .. 은림, 박성환
댐으로 수몰될 지역에서 식물학자가 겪은 황홀과 공포에 관하여.
/ 극점으로 향한 남극탐사대가 시간의 뒤섞임 속에서 마주한 놀라운 존재에 관하여.

역병의 바다 .. 김보영
전염병이 도는 동해안의 어촌. 경찰력이 마비된 곳에서 여자는 자경단으로 살고 있다.
어느 날 외지에서 온 남자는 마을의 파괴를 말한다.

낮은 곳으로 임하소서 .. 이서영
악취가 심한 백화점의 보수 공사에 투입된 건설회사 직원 이슬은
84년 전 건축문서에서 두려운 존재를 발견하고 고통받는 사람들과 마주한다.

친구의 부름 .. 최재훈
원준은 2주간 학교를 나오지 않는 친구의 자취방을 찾아간다. 불러도 대답 없는 친구.
문을 열고 들어가보니 친구는 의외로 반갑게 원준을 맞이한다.

외계 신장 .. 이수현
학위를 따기 위해 굿판을 쫓아다니는 민서. 그는 백 년 전부터
기이한 죽음이 일어난다는 '금단의 집'에서 마주친 노만신 경자에게 매료된다.